TJORVEN BODERIUS

Die Autorin ist wie ihr Werk selbst:
oft chaotisch, bunt, verrückt, verplant,
laut, kindisch, plappermaulig, kreativ,
eigenwillig, geradeheraus – und manchmal ungebremst, spöttisch, vorlaut und
frech. Die ungeschönte Wahrheit:
                    Sie ist alles und nichts davon.

KNICK LICHT GEWIT TER

TJORVEN BODERIUS

Bibliografische Information der Deutschen Nationalbibliothek: Die Deutsche Nationalbibliothek verzeichnet diese Publikation in der Deutschen Nationalbibliografie; detaillierte bibliografische Daten sind im Internet über dnb.dnb.de abrufbar.

© 2022 Tjorven Boderius
Herstellung und Verlag: BoD – Books on Demand, Norderstedt

ISBN 978-3-752-64418-0

Lektorat:
Alexandra Fauth-Nothdurft

Coverdesign:
Lena Küssner www.goingneon.de

Illustrationen (Fotos):
Daniela Wehrmeier www.wehrmeier-design.de

Für Gott,
die Welt
und dich

ICH

„Das bin ich und das ist okay."
Sharaktah, norddeutscher Nachwuchsrapper, Ich

ICH bin ICH, und DU bist DU.
DU kannst nicht wissen,
wie ICH bin,
weil ICH nicht wie DU bin –
und weil DU nicht wie ICH bist –, oder?

ICH bin für so manche Sau(f)erei zu haben, ICH bin
reinlich – ach, was sage ICH da: ICH bin sauber! Manchmal
bin ICH sauer, ab und an sind meine Sprüche versaut,
oder nur eine meiner Klausuren. Mal bin ICH saustark,
dann einfach „nur" saugut, nicht selten bin ICH von oben
bis unten eingesaut – was für eine unverschämte Sauerei
das ist, ist mir egal!

Aber die Schweinerei fängt erst richtig an:

Wenn ICH DU wäre und DU ICH, hätten wir dann
Schwein? Was wäre, wenn ICH nicht schizophren, sondern zwei in eins wäre, hätte ICH dann doppelt Schwein?

Was wäre, wenn DU mich bei dir haben wollen würdest, wärst DU dann ein Schwein? Was ist, wenn ICH nicht
mehr rausgehe, bin ICH dann ein Hausschwein? Wenn wir
uns zusammentun würden, wären wir dann ein
Mee(h)rschwein oder nur ein Doppelpack?

Was würdest DU sagen, wenn ICH nicht Neuer, sondern Schweinsteiger wäre? Was passiert, wenn ICH meinen inneren Schweinehund überwinde? Wärst DU dann
ein Wildschwein?

Ach, komm schon! Sei kein Ferkel!

KINDERAUGEN

KINDERAUGEN

„Status für eine technokratische Gesellschaft, die aufgehört hat, den Moment zu leben."
TB, 2014

Unsere Welt scheint durch die Augen eines Kindes weniger schadhaft und weniger verdorben. Was daran liegen kann, dass seine besten Freunde die eigenen Eltern sind und ihm noch niemand das Herz gebrochen hat. Sachverhalte erklären sich im Kinderkopf wie von selbst:

Wie alt ist der Onkel geworden? Alt, denn er fährt schon Auto und dazu braucht er eine Brille. Oma, du kannst kein Eis essen gehen, dann bekommst du noch einen ganz kalten Bauch.

Stolz wie Oskar werden Geburtstage gefeiert – und wenn der Geburtstag so ein schöner Tag ist, warum dann nicht öfter im Jahr und frei Schnauze, aus dem Bauch heraus Geburtstag feiern? Jedes Kind versucht, sich die Welt auf seine eigene Weise zu erklären.

Das Kinderauge beschaut die Zukunft als geheimnisvolles Abenteuer; erst mit dem Erwachsenwerden reift ein ungeahntes Fernweh in die entgegengesetzte Richtung heran. Weil das Kinderauge auf „halbem" Weg lernt, die Distanz zu messen. Als ICH anfange, mich nach beiden Seiten umzuschauen, wache ICH immer öfter mit einem Stein im Magen auf.

„Du hast Adleraugen", sagt Opa zu meinem kleinen ICH. Einen Sekundenbruchteil später muss mein älteres ICH eine Brille tragen. Denn die tollen Adleraugen, mit denen ICH Sachen beobachten kann, die andere übersehen, reden mir die Großen klein und kaputt.

Dabei brauche ICH den Blick in die Ferne nicht, wenn ICH kurzsichtig nach kleinen Raupen auf Blättern Ausschau halte oder auf Plattenfugen balanciere.

ICH spiele mit dem Osterhasen im Dickicht, flüstere meinem Reisigbesen Zaubersprüche zu, baue Luftschlösser, backe dem Nikolaus Plätzchen und stelle ihm ein Glas Milch raus, schreibe dem Weihnachtsmann einen ellenlangen Brief, der vielmehr eine Liste ist, und hoffe, er lässt seine Rute im Schlitten.

ICH veranstalte einen Staffeltriathlon aus ...
Gummistiefelweitwerfen,
Kirschkernweitspucken und
Pfützenspritzspringen.

ICH klaue dir deine Nase und behalte sie so lange, bis mein Daumen zwischen Zeige- und Mittelfinger schläfrig wird; dann färbe ICH meine Zunge mit Engelsblau, plakatiere meine Haut mit Klebebildchen – eins bunter als das andere. ICH schwimme wie ein Hund oder wie eine Meerjungfrau in deinem Pool, der für uns so groß wie das Meer scheint.

Dann esse ICH Gummibärchen, bis ICH ein Wackelpuddingbauchgefühl habe (ohne in Panik zu verfallen, ICH könnte dick werden!); höre die Sachen, die ICH nicht mitbekommen soll, überhöre aber, was mich angeht; bin stolz wie Oskar, wenn ICH einmal länger als die Großen wach sein darf, gehe dann mit meinem Kuscheltier, meiner Schnuffeldecke und meiner Puppe auf Abenteuerreise oder einfach nur zum Kuscheln ins Bett.

Später bauen DU und ICH Höhlen,
um in ihnen zu spielen,
nur um danach nicht mehr zu wissen,
ob der Spaß nicht hauptsächlich das Bauen an sich war.

Tags darauf hocke ICH mit klopfendem Herzen in meinem Versteck und merke, wie dringend ICH plötzlich aufs Klo müsste, albere mit meinen Geschwistern herum, bis wir uns vor Lachen über Nichtigkeiten nicht mehr einkriegen und unsere Eltern zornig werden.

Manchmal bekomme ICH Hausarrest, obwohl es die anderen waren, danach schieße ICH selbst übers Ziel hinaus.

In der Schule schreiben wir Geheimbotschaften mit Zitronensaft und Liebesbriefe mit Füller auf Papier, oder wir verschicken Postkarten, während wir vom Fund einer vergessenen Flaschenpost träumen. Unsere ganze Wahrheit liegt zwischen drei Kästchen: Wir wählen zwischen:

Ja □
Nein □
Vielleicht □

Mir wird schwindelig vom Dauerschleife-Karussellfahren, vom Versuch radzuschlagen, vom Lesen während des Autofahrens; regelmäßig bekomme ICH einen ganz flauen Magen von Süßigkeitenbergen, eine schleimige Zunge von Schokoladenorgien, und ICH lasse trotzdem nicht lange die Finger davon.

Zu Fasching verkleide ICH mich ...
als Joker,
als Pippi Langstrumpf,
als Prinz(essin),
als Pirat(in)
und rotiere in meinem ganz eigenen Kosmos.
Eine Woche fühlt sich wie ein Monat
und ein Wochenende wie eine Woche an;

ICH kann stundenlang von meinen Abenteuern erzählen, ohne eine verfilzte Zunge oder Wortkargheit beklagen zu müssen.

ICH lüge das Blaue vom Himmel,
lüge, um die Not eines anderen zu schmälern,
die ICH vielleicht verursachen könnte;
ICH bekomme geschnitzte Apfelgesichter;
wundere mich über die faltige Haut meiner Oma;

an einem lauen Sommermorgen ziehe ICH früh los und sammle Grashüpfer, dann bestaune ICH mein Hüpferglas kurz und lasse sie einen nach dem anderen fortspringen. Nachmittags pflücke ICH frische Blätter für meine Schnecken, die ICH vor Mama aus dem Gemüsebeet gerettet habe;

bis ICH geschafft zum Wolkenbilderwettraten einlade oder einfach nur im Gras liege und die Schwalben im Anflug an ihre Nester beobachte; die Rufe ihrer Jungen sind Musik in meinen Ohren.

Im Hochsommer liege ICH mit Strohhut unter einem Sonnenschirm und brate in der Wärme, bis Eis und Getränke nicht mehr kühlen und ICH in der Mittagshitze ins Haus gerufen werde, wo ICH meine glühenden Wangen an die kalten Wände drücke.

Wenn es regnet, ziehen wir uns bis auf die Unterwäsche aus und versuchen mit der Zunge Regentropfen aufzufangen, bis wir gleichzeitig in einen ausgelassenen Regentanz einstimmen; auf deinem Dachboden graben wir zwischen vergilbten Blättern und Kisten in der Geschichte eines mehr als hundertjährigen Hauses. Eine von uns hat ihre Katze im Austausch für einen Blumenstrauß bekommen.

Ganz alleine halte ICH nach einem Regenbogen Ausschau, inhaliere den Duft der reingewaschenen Welt, genieße das Gefühl von lauwarmem Sommerregen auf meiner Haut und den Geruch von frisch gemähtem Gras in meiner Nase,

spiele Er-liebt-mich-er-liebt-mich-nicht

oder schenke dir Glauben und esse Gänseblümchen, trotz meiner Angst vor Hundeurin, weil du sagst, dass das gesund ist;

zum Nachtisch sauge ICH süße Saftspritzer aus den Blütenkelchen einer Weißen Taubnessel.

Dann flehe ICH meine Eltern im Siebenschläfer-Takt an, mir ein Haustier zu schenken; übergangsweise bestatte ICH abgestürzte Hummeln, hege Schnecken und Grashüpfer, versuche verwaiste Vogeleier in meine Kleidung gewickelt auszubrüten, befreie Ameisen und suche mir so eigenständig ein Langzeitprojekt auf Probe.

ICH kann nicht genug bekommen vom Drachensteigenlassen im Herbstwind – und eh ICH mich versehe, hat mein Drache sich losgerissen und steckt in einem Baum fest.

Noch lieber lasse ICH Luftballons mit Botschaften in die Luft steigen, stelle mir vor, was sie dort oben für eine Aussicht geboten bekommen; habe zwar selbst noch nie eine Antwort erhalten, aber einmal nach Holland geschrieben.

An einigen Tagen werde ICH vom Ruf des Nachbarhahns geweckt, oder vom Schimpfen einer Drossel; in der Dämmerung rutscht mein Herz in die Hose, wenn eine Krähe durch den Himmel schneidet und plötzlich etwas aus dem Gebüsch huscht, fast so, als hätten sich die beiden abgepasst; ICH kann den Herzkloß erst wieder rausholen, wenn ICH anfange, über mich selbst zu lachen.

Dann schlafe ICH ein mit Geschichten meiner Eltern, die sie meinen jüngeren Geschwistern auf der anderen Seite der Zimmertür vorlesen.

Im Winter rodle ICH, presse mein Abbild in den Schnee und versuche vom frostigen Boden abzuheben; vergebens, aber ICH hinterlasse den Umriss einer Engelsfigur; dann bekomme ICH eine Gänsehaut von einem Schneeball, der meinen Rücken hinabschmilzt, stehe triefend in der Tür; überschwemme erst die Fußmatte mit dem Schneerest und lasse dann den Wasserspiegel des Fußbodens steigen; bade anschließend so lange mit Quietscheente und Geschwistern, bis meine Füße schrumpelig werden.

ICH gucke mir das Krabbenpulen auf dem ausladenden Tisch in der azurblauen Küche meiner Oma ab; ziehe mit einer Miniaturausgabe des Wanderstocks meines Opas auf große Reise (den Plattenweg runter und wieder rauf); inhaliere die Landluft, weil Güllegeruch gesund ist; falle vor Erschöpfung hundemüde, wunschlos und glücklich wie ein Stein in mein Bett.

Ab und an bilde ICH mir ein Gefühl ein, wenn die Sonnenstrahlen über meine Haut streifen.

Vor Geburtstagen und vor Weihnachten bekomme ICH kein Auge zu, trotzdem springe ICH am nächsten Tag fit wie ein Turnschuh aus dem Bett und nehme zwei Treppenstufen auf einmal.

Das Treppenpoltern freut mich,
weil es meine Eltern stört,
dass ICH die Treppe
- schnell wie der Wind - hinunterfege.
Aber ICH bin schon groß.

ICH wackle den ersten Zahn aus meiner Mundhöhle, zwinge ihn heraus, schmecke das rostige Blut, als ICH ihn auf meiner Hand trage und mich über die Lücke freue; danach purzeln die restlichen nach und nach hinterher, und ICH tausche meinen Schatz bei der Zahnfee ein, als würde ICH – die zahnlose Oma – Geld auf ein Konto einzahlen.

Nach einem markerschütternden Albtraum wandere ICH kurzerhand zu meinen Eltern und kauere mich in die Besucherritze.

Heimlich male ICH ein Wandporträt auf eine unbewachte Wand: ein wahres Meisterwerk, das meine Eltern nicht verstehen.

ICH springe Seil und besiegele meine Zukunft mit jedem sicheren Sprung; ICH muss mir keine Gedanken machen, ob ICH ...
alleine,
verheiratet oder
geschieden
sein werde;

im nächsten Moment meide ICH die aufgesprungenen Risse im Asphalt, weil sie sich wie die Fugen zwischen den Gehwegplatten unter meinen Füßen in tiefe Schluchten verwandeln, die mich zu verschlucken drohen.

Mit Kreide male ICH Straßen-, Spring- und Murmelspiele. ICH bleibe so lange draußen, bis es mich in meinem luftigen T-Shirt fröstelt und ICH Sehnsucht nach der warmen Stube bekomme.

Als jeder Tag eines dieser Gesichter haben konnte, war unsere kleine Welt einfach in Ordnung. Irgendwann kriecht dann ein Wort ins Leben, das das Kinderglück anknabbert, es zernagt: „peinlich".

Wir fangen an, uns für etwas zu schämen. Was den Kinderaugen gefallen hat, wird von den Heranwachsenden skeptisch beäugt; wo wir – Jungen wie Mädchen – vorher Kleinnagetiere oder Puppen in unseren bunt bemalten Kinderwagen durchs Dorf chauffiert haben, tuscheln wir nun hinter vorgehaltener Hand, verabreden uns fern aller Augen und verheimlichen kindliche Spiele aus Angst vor Ablehnung. Aber wer flüstert, der lügt.

Wenn dann auf das vorher immer belächelte „ICH bin doch aber schon groß" kein wissendes Lächeln, sondern Zustimmung folgt, muss eine neue Vokabel gelernt werden: „frühreif".

„Du bist jetzt groß" ist der Satz, mit dem das lange Begehrte in greifbare Nähe rückt und dabei nicht länger begehrenswert ist. Bin ICH so weit? Ist es nicht zu früh? Wollen mich meine Eltern verschaukeln?

Kaum ist der erste Schritt überwunden, werden kindliche Illusionen zerschossen und Traditionen gebrochen. Teilweise lange aufrechterhaltene Mysterien – wie das um den Mann mit schneeweißem Bart, gespitzter Rute und einem Zaubersack –, mit denen die Kindheit bestickt wurde, um sie so schön wie möglich zu machen, offenbaren sich als PR-Mittel der Industrie – und/oder als Lügenmärchen. Spätestens dann linse ICH nicht mehr zu den Einkerbungen im Türrahmen hoch, über die ICH hinausgewachsen bin. Urplötzlich bin ICH größer als meine Eltern und im wahrsten Sinne des Wortes „groß" geworden. Am Anfang wird jeder Laufradschritt mit den Händen abgeschirmt, jeder Fall abgewendet, abgefedert oder nachbehandelt – was fehlt sind die Knisterfolie und das Kissen im Rücken, aber die erstversorgenden Helikopterluftschläge sind allgegenwärtig. Später hören die Eltern auf, das Licht anzulassen; es gibt keine Nachtwache, denn bei Ausgewachsenen sinkt die Kidnapping-Quote. Wir können nicht nur, sondern dürfen machen, was wir wollen und so lange wir wollen, denn da ist niemand, der mit Bauchschmerzen zu Hause wartet, sich im Schlaf wälzt und auf unsere Schritte horcht.

Die Kunst ist es, das Erwachsenwerden zu ignorieren, um das Kind in sich zu beschützen und zu wahren. Aus Kinderaugen in einem adulten Körper die Welt zu beschauen, hat die Kraft, sie in ein positives Farbnegativ zu verwandeln. Ein kleiner Boykott gegen die Graumalerei der Erwachsenen.

AENGSTE

„Die ganze Welt ist voll armer Teufel, denen mehr oder weniger angst ist."
Johann Wolfgang von Goethe

Wovor hast DU Angst?

Angst ist der hässliche Bruder der Lebensfreude, oder? Ängste sind prädestiniert, uns in unserer Freiheit und Entfaltung einzuschränken. Manchmal sind sie aber auch als Stoppschilder getarnte Schutzengel, die uns vor größerem Übel bewahren. Dieser Kontrast könnte kaum skurriler sein. Aber Ängste entspringen auch nur der Natur eines Abwehr- oder Fluchtinstinkts.

Der früheste der primitiven Reflexe ist der Moro-Reflex: Dieser entwickelt sich laut Wissenschaftlern ab der neunten Schwangerschaftswoche und wird zwischen dem zweiten und vierten Lebensmonat gehemmt. Trigger des Reflexes können die plötzliche Veränderung der Kopfposition wie auch unerwartetes Einwirken von Licht, Geruch oder Berührung sein. Obwohl ein Neugeborenes nicht wirklich fluchtbereit sein kann, kommt es zu einer Abfolge von reflexartigen Bewegungen und der Ausschüttung der Stresshormone Adrenalin und Cortisol. Das Neugeborene wechselt in den Kampf- und Fluchtmodus. Was verrückt und irgendwie witzig klingt, ist nicht zu unterschätzen: Selbst ein Säugling reagiert auf Gefahr mit schnellem Herzschlag, hoher Atemfrequenz, höherem Blutdruck und geröteter Haut. Diese Angst ist überlebenswichtig und gefährlich zugleich. So wichtig der Moro-Reflex auch ist, genauso wichtig ist, dass er gehemmt wird, denn ein ausgeprägter Moro-Reflex kann Schreckreaktionen bis ins Erwachsenendasein auslösen.

Ständige Kampf- und Alarmbereitschaft? Wie sähe das denn aus? Würden wir Homo sapiens uns dann stets mit der Faust voran bewegen, dem vermeintlich Fremden die Stirn bietend, oder die Füße in die Hand nehmend das Weite suchen? Menschen mit aktivem Moro-Reflex werden „Moro-Menschen" genannt; ihnen wird nachgesagt, Situationen manipulieren oder kontrollieren zu wollen. Zu viel Angst kann also erheblich einschränken.

Einige Ängste setzen uns eine Maske auf und zeigen uns ein verzerrtes Spiegelbild der Realität. Wir können Angst haben, nicht genug zu sein. Selbstzweifel. Oder in uns steigt die Angst auf, nicht gut genug zu sein, um einem anderen gerecht zu werden. Bindungsangst. Wir schlagen uns die Illusion, einen Partner fürs Leben zu finden, vielleicht vorschnell aus dem Kopf. Einige von uns wissen, dass sie nicht füreinander bestimmt sind, und haben doch Angst, die alles entscheidende Grenze zu ziehen – nicht, dass wir sicher wüssten, wo diese Grenze liegt. Sind wir in einer Beziehung, haben wir Angst, verlassen zu werden, und klammern; wir suchen mit Eifer, was Leiden schafft, und flüchten uns in die Eifersucht. Verlustangst. Wer kennt sie nicht die Angst, vergessen zu werden? Irgendwann hat sie jeder gespürt. Zum Beispiel an der Supermarktkasse, wenn es von der Mutter nur heißt: „Ich hole noch kurz einen Packen Wurst, ich bin gleich wieder da."

Dann keimt wie von selbst hinter dem vollen Einkaufswagen der Gedanke auf, sie würde nie wieder aufkreuzen und stattdessen in der Tiefkühlabteilung am anderen Marktende neben den Frostgarnelen auf Tauchgang gehen; verschluckt werden von TK-Spinat. Da ist es doch immer so schrecklich kalt. Oder die Angst, auf einer Party allein gelassen zu werden, neben den alkoholisierten Neu-Bekanntschaften, denen wir im Worst Case dummerweise im Alkoholnebel unsere Handynummer gegeben haben.

Wir können uns auch davor fürchten, einer Sucht zu verfallen, oder davor, während eines Entzugs einen Rückfall zu erleiden.

Da ist die Angst vor dem Alleinsein, vor Einsamkeit und vor dem Tod. Zu viele unangenehme Situationen und negative Gedanken.

Angst macht uns, was wir nicht einschätzen oder überdenken können – was vom Himmel fällt und uns übermannt, das ängstigt uns. Manchmal haben wir Angst vor uns selbst, wenn wir Gefahr laufen, die Kontrolle über uns zu verlieren, oder wenn wir mit einem Mal klingen, als wären wir ein verrücktes Tier, das den Paarungsruf nicht draufhat, obwohl wir eigentlich imponieren wollten. Allgegenwärtiges Lachen. Aus Angst vor Ablehnung stimmen wir ein und lachen mit – über uns selbst.

Ein anderer, der die Angst vor sich selbst vergessen hat, ist schließlich aus Selbstliebe durch sein Spiegelbild hindurch ins Wasser gefallen und ertrunken. Rennen wir deswegen aber gleich vor unseren Spiegelbildern weg? Wir haben Angst, verletzt, verraten oder betrogen zu werden. Wir haben Angst vor Spinnen, vor Schlangen und vor – für uns – realitätsfernen Mutationen. Oder ist das Ekel? Wir haben Angst vor anderen Menschen. Wir haben Angst zu vergessen; warum zählen Eltern ihre Kinder sonst durch – nur zur Sicherheit oder zum Zeitvertreib auf Langstrecken? Wir fürchten uns vor Krankheit. Wir haben Angst, allein zu sein, zu versagen – und unternehmen lieber nichts, aus Angst, wir könnten etwas falsch machen.

Sei schlau – stell dich tot?

Wir haben Angst, wegen einer verrückten oder zu bequemen Hose, einem Helm, verdächtig glänzenden Haaren oder Gummiclogs, einer Warnweste oder wegen eines ungünstig lokalisierten Flecks auf der Kleidung weggestoßen zu werden. Wegen dieser Angst sehen wir davon ab, hundert Prozent wir selbst zu sein.

Wäre etwas anderes als diese Selbstbeherrschung moralisch überhaupt vertretbar? Abstriche gehören doch quasi dazu.

Wir haben Angst vor fremden Menschen, die am Straßenrand halten und das Fenster runterlassen, um nach dem Weg zu fragen. Mentaler Autopilot. Apokalyptische Dauerschleife. Sind wir gesellschaftlich traumatisiert?

Da kommt einer und hakt nach, ob wir Angst vorm schwarzen Mann haben, der in der Garage auf dem Schulgelände wohnt – einer weint, die anderen zeigen ihm einen Vogel.

Im nächsten Moment haben wir Angst vor einem Blackout; davor peinlich zu sein; oder davor, dass unser jüngeres Geschwisterkind cooler als wir selbst wird – oder schon ist.

Manche von uns haben Angst, Gefühle zuzulassen; besonders die allseits glorifizierte Liebe ist für einige ein schweres rotes Tuch (was nicht etwa an Tischdeckengewichten liegt). Begleiterscheinungen können hier sein:

Die Angst, einen Korb zu bekommen. Nicht, dass Körbe schlecht sind, aber wir wüssten ja nicht, was in diesem Korb drin wäre; wäre es ein brauchbar zusammengestellter oder ein ungenießbarer Präsentkorb?

Die Angst vor Unwissenheit.

Die *Klischee-Angst* des Teenagerdaseins schlechthin: die Angst vor dem ersten Mal. Furcht vor Schmerzen, Angst vor der Blamage durch Unerfahrenheit, Furcht vor einer ungewollten Schwangerschaft oder davor, nach dem zwanglosen One-Night-Stand Vater-Mutter-Kind spielen zu müssen.

Wir haben Angst, einer Angst schutzlos ausgeliefert und ein klein-großes Stück hilflos zu sein. Warum?

Weil es vielfach das Fremde ist, was uns Angst macht. Die Angst vor dem Fremdartigen, „Xenophobie" genannt, lässt sich auf viele Bereiche münzen.

Interessanterweise sagen Wissenschaftler, dass uns ausgerechnet das Angst machen kann, was wir an uns selbst (unterbewusst) bemerkt haben und ablehnen. Berichte von Frauenfeinden im Männerpelz mit ausgeprägten weiblichen Charakterzügen – basierend auf unrepräsentativem Hörensagen – machen die Runde. Haben Menschen, die gegen Frauen und Homosexuelle angehen, vielleicht nur Angst, selbst feminine Züge zu haben oder gleichgeschlechtliche Liebe empfinden zu können? Vielleicht sind die Folgen, die der Angstauslöser auf das Leben des sich Ängstigenden haben kann, schlimmer für den Angsthasen als die Angst selbst?

Ach komm, sei kein Schisser!

„Von allem in Maßen", sagen die Alten, die auch Angst haben. Ängstliche Sorge um kleine Satansbraten, für die sie ihren geliebten Gartenteich großzügig einzäunen und in ein Sperrgebiet verwandeln; oder die Furcht davor, kein brauchbares Vorbild zu sein. Auch können sie Angst davor haben, dass ihre Sprösslinge vor ihnen sterben und die Alten die Jungen zu Grabe tragen müssen. Oder das mulmige Gefühl in der Magengegend, wenn die runden Tische aus Gleichaltrigen stetig lichter werden.

Nach allem sollte der Einfluss der Angst nicht unterschätzt werden, denn Angsthaben selbst kann wie Sterben sein: Wir verfallen in eine Schockstarre, verkrampfen und ziehen uns zurück, wenn sich die Ängste summieren und die Oberhand gewinnen – wenn ein Gegenangriff aussichtslos wird, dann regiert die Angst unser Leben.

Manchmal – nicht immer – hilft der Sprung ins kalte Wasser, aus welcher Höhe ist jedem selbst überlassen. Rat ist aufgrund der Gefahr kopfloser Herdenpanik (getreu des Dominoprinzips) beim persönlichen Bauchgefühl und nicht beim Neben-, Hinter- oder Vordermann einzuholen. Bei Nebenwirkungen bändige bitte zuerst deinen inneren Schweinehund.

FRAEULEIN ERDBEERE

FRAEULEIN ERDBEERE

„Zum Tanze da geht ein Mädel mit güldenem Band.
Das schlingt sie dem Burschen gar fest um die Hand.
Das schlingt sie dem Burschen gar fest um die Hand.
Ach herzallerliebstes Mädel, so lass mich doch los,
ich lauf dir gewiss nicht davon.
Kaum löste die schöne Jungfer das güldene Band,
da war in den Wald schon der Bursche gerannt.“
Volkslied (1908)

Am Anfang steht ein Mädchen und am Ende kommt eine fertige Frau aus der Fabrik? So einfach verläuft das Schreckenskapitel „Pubertät" leider nicht, denkt das sechzehnjährige ICH. Es wächst sich alles zurecht, natürlich. Bei der einen schneller, bei der anderen langsamer. Brüste wachsen und Bauchschläferinnen müssen ihre Schlafgewohnheit umkrempeln, die Hüften werden so breit, dass sie nicht mehr in die Kinderrutschen passen – aber „je breiter das Becken, desto gebärfreudiger", sagen die Alten. Der Körperschwerpunkt wird je nach Ausstattung allmählich nach vorne oder hinten verlagert. Mit jeder unregelmäßigen Veränderung wächst die Angst vor Asymmetrie.

ICH stolpere Schamlippenlänge beäugend, Brüste betastend, augenrollend in einen Vergleichswahn – auf der Suche nach Normalität naiv fehlgeleitet von Werbe-Breitbandphänomenen. Die Haare werden speckig, das Gesicht wird von einer Kraterlandschaft durchzogen, gegen die nachts kräftig gespachtelt oder gecremt wird, und der Körper verliert seine Geruchsneutralität. Die neue Körperbehaarung wird akribisch weggecremt, weggerissen oder weggeschnitten, um das aufkeimende Ekelgefühl niedrig zu halten.

Hollywoodcut – machen doch alle! Nur Mamas Generation nicht! Zwischen Schulmädchenlook und Erwachsenwerden, gegen den Schweißgeruch ansprühend, riskiert so manche eine Schnittverletzung, Rötung oder Ausschlagerscheinung. Aus Angst, die Schambehaarung würde unsexy und eklig machen. Unsicher und unbeholfen wankt die Frau-in-Ausbildung vor sich hin.

Aber damit nicht genug, denn da ist noch ein einschneidendes Erlebnis, das schwer auf ihrer Schulter wiegt: Die junge Frau hat Leck geschlagen, eine undichte Stelle, die von Stimmungsschwankungen und erdbebenähnlichen Bauchimplodierungen begleitet werden kann. Diese weibliche Begleiterscheinung kann sie für die Männerwelt zeitweise unausstehlich machen.

Wie man es auch nennt – die rote Woche, der Besuch von Fräulein Erdbeere, die monatlich blutende Wunde, den Schlechte-Laune-Katalysator oder einfach das „Frauenproblem" –, es markiert den Umbruch von Kind zu Frau.

In der Regel (ACHTUNG Wortwitz!) klemmt das erste Mal ein Rettungsboot aus Zellstoff zwischen den Beinen und lässt Erinnerungen an die Windelzeit laut werden.

Vor diesem Lebenssturm habe ICH dem männlichen Geschlecht recht offen gegenübergestanden. Im Alter von drei Jahren stand ICH noch neben meinem Kumpel und habe über „Penisse" geredet, weil ICH glaubte, Penisse wären eine omnipräsente Werkseinstellung eines jeden Menschen.

Später werden viele Jungs zu Aliens. Einige Mädchen werden garstig. Was nützt ein gebärfreudiges Becken, wenn kein gescheiter Junge ausfindig zu machen ist? Warum gehört der Ablauf einer Geburt zum Tobak der Konfirmationsgespräche – nur weil von Kinderwünschen die Rede ist? Werden Jungs denn gefragt, wie sie sich im Falle eines Autounfalls verhalten, wenn sie vom neusten Sportmodell schwärmen?

Es häufen sich Berichte über weibliche Hormonzombis, die da wandeln im Schönheitswahn, zeitlebens irgendwo zwischen Essstörung und Übergewicht, und nicht aufhören, ihre Luftschlösser dicht am Wasser zu bauen. Viele von ihnen halten sich für fett, hässlich und unsexy, ganz gleich was Mann ihnen sagt. Einige bemalen sich bunt wie Kolibris, andere passen ihren Kleidungsstil chamäleonartig den druckfrischen Werbeauslagen an.

Die Schere zwischen Jungs- und Mädchendasein wird immer größer. Hin und wieder gibt es Beobachtungen, dass einige Brücken bauen.

Häufig stößt sich Fräulein Erdbeere an Vorstellungen wie männlichen Masturbationsmarathons und Sexualpraktiken aus dem Porno-Mainstream, über die getuschelt wird – und mit denen sich mindestens eine im Freundeskreis brüstet … Schmutzfilm-Träume.

Vielleicht ist sie überfordert, weil sie ihren persönlichen Entwicklungsschock noch nicht verdaut hat? Fräulein Erdbeeres ausgeheiteltes Körpergefühl versperrt ihr die Sicht.

MISTER
TESTOSTERON

MISTER TESTOSTERON

„Ich dürste nicht nach Ruhm und Rang, [...]
Zu oft tragen Übermut,
und Eigennutz, den Freiheitsmut,
[...] Schreit mancher Uff, und kennt sie nicht,
doch wer von Freiheit schreien kann,
ist darum noch kein freier Mann."
Das Lied des freien Mannes
(Friedrich Lehne, Republikaner von Mainz, 1771-1836),
nach der Melodie des Vogelfängers in Mozarts Oper:
Die Zauberflöte

Pickel kratern porentief; Haare sprießen aus allen Öffnungen, einige Rücken verwandeln sich in eine Buschlandschaft. Andere zählen täglich ihre einsamen Brusthaare – zarter Flaum; vor dem täglichen Spiegelkontrollgang auf der Fahndung nach dem Bart. Täglich grüßt die Morgenlatte. Kumpels brüsten sich mit Frauengeschichten – dazwischen steht der unbefleckte Neuling. Beim Versuch, einen Fuß in die Tür der Mädchenwelt zu stecken, klemmt er sich den Schwanz ein. Denkt über Penisgrößen nach. Ist er wettbewerbsfähig – vorzeigbar? Dabei ist es am Ende ganz gleich, ob Fleisch-, Blut- oder Mikropenis – im Alter werden sie alle schrumpelig, so wahr Frauenbrüste langfristig auch nicht von der Erdanziehung verschont bleiben. Daran ist nichts abnorm. Testosteron verleiht Flügel? Aber wer hoch fliegt, der kann auch tief fallen. Inwieweit steuert Testosteron Männer? Was, wenn nicht nur Fräulein Erdbeere, sondern auch Mister Testosteron aus dem Takt ist?

Ein Übeltäter im Visier: Testosteron, das Sexualhormon, das Multitasking kann. Wer kommt schon auf die Idee, dass Testosteron auch für Frau relevant ist?

29

Alle glauben, die Auswirkung von Testosteron auf die männliche Libido zu kennen – der Vorwurf: Mann ordnet sich dem schubweise ausgeschütteten Sexualhormon unter. Ein Testosterontanker ohne Heimathafen, der den Drang verspürt, ununterbrochen auf der Durchfahrt zu sein?

Fakt ist: Ohne Testosteron wäre die Welt ziemlich doof. Nicht nur, dass Mann sexuelle Unlust plagen würde, auch Frau wäre belastet – durch Orgasmusprobleme und Hitzewallungen. Beide würden sie vermehrt an Übergewicht, Muskelabbau, Erschöpfung und Schlafstörungen leiden und hätten ein höheres Risiko für Diabetes, Herzinfarkte und Schlaganfälle.

Warum also dieses Helferchen verschreien, das da bringt: Libido mit positiven Begleiterscheinungen; nur weil es ein paar Halbstarke da draußen gibt, die ihre Lust nicht zügeln können und mit Frauenherzen jonglieren?

Im Optimalfall liegt der freie Testosteronspiegel, der zwei bis drei Prozent des Gesamttestosteronspiegels ausmacht, bei Männern über achtzehn Jahren zwischen 3,5 und 9 µg/l Blut und bei gleichaltrigen Frauen zwischen 0,15 und 0,55 µg/l Blut. Seinen Zenit hat der Testosteronspiegel selbstredend in der Pubertät, danach sinkt er ab. Da Neues zu Beginn einer Eingewöhnungsphase bedarf, liegt es auf der Hand, dass das achtzehnte Lebensjahr im Testosteron-Zenit ein sehr turbulentes darstellt. Spätestens jetzt wird „freundschaftlich" oder mit Schwestern „brüderlich" Kirschen essen – sofern nicht im einsamen Feigenblatt – zur Bürde.

Urplötzlich tun die gerade Volljährigen so, als seien sie die letzten achtzehn Jahre mit Scheuklappen durch die Gegend gelaufen, obwohl jeder weiß, dass das bei kaum einem zutrifft.

Vielleicht durchleben männliche Wesen in dieser Zeit einen erneuten Schub oder gar einen Anflug pubertärer Renaissance (die bei jedem unterschiedlich lange anzudauern scheint); jedenfalls würde diese Phase Äußerungen wie „Wenn ich betrunken wäre, würde ich dich jetzt ficken", „Lauf weiter, wir machen gleich rum!" oder „Himmelherrgott, was sind das für Brüste!" erklären. Oder liegt der Ursprung solcher Äußerungen gar in der Unterfütterung mit alkoholischen Substanzen? Der Hirnmuskel braucht zum Arbeiten schließlich Schwimmflüssigkeit! Mögen es Hormone auch flüssig? Flüssigkeit breitet sich doch schneller aus, kriecht in Fließgeschwindigkeit in jede Pore, durchschwemmt Mann, bis Ballast abgeworfen werden muss?

Womöglich ist es diese spezielle Phase, die Männern den Ruf beschert hat, sie seien nach weiblicher Zeitrechnung mindestens fünf bis sechs Jahre rückläufig: Niemand hat dabei beachtet, dass sie augenscheinlich zwei Hürden nehmen müssen. Baut die weibliche Zeitrechnung etwa auf einem folgenschweren Fehler auf? Weiß Fräulein Erdbeere doch auch nicht von den meisten Parallelen zwischen ihr und Mister Testosteron, den es ab vierzig in die wechseljahrverwandte Andro-pause zieht und der da mit harmloser Morgenlatte neben ihr aufwacht, während sie ihre natürlichen nächtlichen vaginalen Erregungen einfach verschläft. Missverständnisse durch Unverständnis? Wo bleibt die Empathie, wenn man sie braucht?

GENDER*STERNCHEN

GENDERSTERNCHEN

„Ich weiß, dass ich nichts weiß."
Sokrates

Sokrates bewies mit seiner Verleugnung jeglichen Wissens die Weisheit, die vermag, die Menschen von innen heraus in ihrem Streben nach Zenit-Zuständen nachhaltig zu stören.

Die Vorstellung, dass man lernt und forscht und doch nicht mehr weiß als vorher – für Menschen, die ihr Leben der Wissenschaft widmen oder besonders stolz auf ihr Wissenslevel sind, unvorstellbar.

Das Gelernte: nicht mehr wert als der IQ eines Säuglings ... Eine absurde Vorstellung, denn nur durch die menschliche Entwicklung, aufgebaut auf dem Wissen der Generationen und epischen Entdeckungen, unterscheiden wir uns vom Tier.

Ein Grund, warum die meisten Menschen diese These des Wissensstandstotpunkts vehement leugnen – versuchen, darüber hinwegzusteigen? Mit jedem Schritt, den wir gehen und mit dem wir vermeintliche Geheimnisse lüften, entdecken wir neue Ungereimtheiten, von denen wir bis dato – einen Schritt zurück – nichts ahnten. Kann es also stimmen?

Kann es stimmen, dass das Wissen nicht begrenzt, das Unerforschte ungreifbar ist und der Anteil, den wir zu wissen, zu verstehen fähig sind, so gering ist, dass wir doch unwissend sind? Egal wie sehr wir uns den Kopf zerbrechen?

Die vorangegangenen Kapitel haben dich vielleicht ein Stück weit berührt, wachgerüttelt und informiert – oder einfach nur verwirrt.

Aber keine Sorge, mit diesem Kapitel ist wieder alles anders. Kein Schwarz, kein Weiß, sondern eine spezielle Graunuance: das Gendersternchen. Alle Welt denkt in Schubladen und Rollenbildern; und da kommt ein revolutionärer Funke und nimmt es auf einen Schlag mit allen stereotypischen Fronten auf – bereit, alte Glaubenssätze zu entwurzeln. Einige – und das sind gar nicht so wenige – können oder wollen sich erst gar nicht in eine Schublade stecken lassen. Andere wären froh, wenn man sie zumindest in zwei oder mehrere stecken würde, weil sie sich nicht für eine entscheiden können. Wiederum andere wollen von einer Schublade in eine andere umziehen. Für alle ist die Konfrontation mit der Schubladen-Denkblase eine Stolperfalle. In das Chaos schiebt sich ein Hoffnungsschimmer namens „Gendersternchen". Unter Unbetroffenen häufig als neumodisches Dingsbums nach Immer-Was-Neues-Manier, für Angesprochene der entscheidende Riss im Raum-Zeit-Kontinuum.

Diversität ist per se aber eigentlich nichts Neues und keine Erfindung des Gendersternchens.

An dieser Stelle ein Beispiel aus der Biologie in Punkto „Doppelgeschlechtigkeit": Hermaphroditismus, also Zwittrigkeit, ist zum Beispiel bei Regenwürmern zu finden. Sie haben sowohl weibliche als auch männliche Organe, wobei sich zuerst die männlichen Samen ausbilden. Bei der Paarung tauschen beide Regenwürmer ihre reifen männlichen Samen aus und lagern die des anderen ein. Erst dann beginnen die empfänglichen Eizellen zu reifen und werden nachträglich befruchtet. Wenn man so will ein eingeschlechtlicher Akt, dem eine weibliche Reaktion nachgelagert ist? Warum zerbrechen wir uns den Kopf über die ungelegten Eier eines anderen?

Weniger fortschrittlich als die Biologie sind einige Exemplare der Spezies Homo sapiens sapiens. Einige von ihnen beäugen Doppelgeschlechtigkeit, Transsexualität, Homosexualität, Bisexualität, Pansexualität und andere Orientierungen und Vorlieben, die sich nicht mit dem konventionellen Bild decken, immer noch ein Stück weit.

Vielleicht liegt das daran, dass wir Sokrates' Erkenntnis vergessen haben? Eigentlich sollten wir wissen, dass wir nichts wissen. Was nehmen wir uns also heraus, etwas über die Liebe oder die Zwiebelpersönlichkeit eines anderen zu wissen, wenn wir uns selbst „gerade so" zu kennen glauben? Und im Grunde nur eine leise Vorahnung davon haben, de facto nichts zu wissen.

FREUNDSCHAFTEN

FREUNDSCHAFTEN

„Freundschaft, das ist eine Seele in zwei Körpern."
Aristoteles

Freunde sind Menschen, die einem zuhören, die für einen da sind, komme was wolle. Freunde sind sich so vertraut, dass sie ineinander lesen können, als würden sie eines ihrer Lieblingsbücher in Händen halten. Freunde kennen deine Narben, deine Sorgen, vor Freunden haben Lügen kurze Beine. Freunde schüttelst DU nicht ab, sie gehen mit dir durch dick und dünn. Zwischen Freunden existiert entweder eine unsichtbare Dosentelefonschnur, ein stummer Eid oder ein Magnetfeldsensor, der sie immer wieder zueinander führt – anders gesagt: nach Hause, denn Freunde können sich in der Gegenwart des anderen familiär geborgen fühlen. Freunde verzeihen dir Gräueltaten, Eigenarten und Fehltritte, auch wenn DU sie mehr als einmal verletzt hast. Deshalb sind Freundschaften ein wertvolles Gut.

Seite an Seite lassen sich Pferde stehlen und Kirschen klauen. Mit einem Freund kannst DU bis in die frühen Morgenstunden sinnieren. Freunde verbürgen sich für dich, sie helfen dir hoch, wenn dir die Kraft fehlt, dich selbst zu halten. Manchmal muss man in einer Freundschaft dem anderen nicht nur Wegbegleiter oder -bereiter, sondern auch eine Wegzehrung sein. Einer für alle, alle für einen. Oder einer für einen – einer wie der andere.

Freunde nehmen uns so, wie wir sind, auch in Momenten, in denen wir uns selbst nicht leiden mögen. Freunde finden sich schneller als gedacht.

Wahre Freunde erlauben sich einander zu verlieren, durch Berg und Tal zu fahren, um an einer Wegbiegung zu kollidieren und gemeinsam weiterzuschwingen.

Freunde fallen sich in die Arme,
weinen miteinander und umeinander;
sie flüstern sich Geheimnisse zu,
die sonst für niemanden bestimmt sind;
sie teilen Kleidung,
lachen sich Löcher in den Bauch;
teilen eine Bettdecke,
knabbern Süßkram bei einem gruseligen Film,
telefonieren stundenlang miteinander,
Freiminuten rückwärtszählend,
und bewegen sich in einer Symbiose zwischen
Lieben – Lachen – Weinen.

Klingt rosig? Vielleicht zu rosig ... Von diesen Freunden gibt es im Leben nicht viele. Manchmal ist es wie die Suche nach der Nadel im Heuhaufen, viel Arbeit für die Katz. Freunde kommen und gehen. Die wenigsten stehen neben dir, halten deine Schulter, stützen dich oder lassen dich in ihrem Windschatten Kraft tanken. Wie Liebe ist auch Freundschaft nicht mit Geld zu erkaufen, solange auf Aufrichtigkeit Wert gelegt wird. Bei dem aber, der falsche Freunde nicht als geladene Gäste empfängt, können diese Mietnomaden gravierenden Schaden anrichten: zersprungene Bierflaschen auf dem Fußboden, abgeplatzte Wandfliesen oder eine Gedächtnislücke sind da das kleinste Übel. Manchmal bedarf es einer Rundumsanierung für Heim und Seele, wenn man sich die Energiesauger erfolgreich vom Hals geschafft hat oder sie ein neues Opfer gefunden haben.

Der erste Eindruck ist in Beziehungen mitunter Gold wert, oder, wie Lehrer oft zu sagen pflegen: „Der erste Gedanke ist meistens der richtige." In der nächsten Unterrichtsstunde hört man sie dann brummen:

„Machen Sie das Gegenteil von dem, was Sie für richtig halten, dann können Sie sicher sein, das Richtige zu tun." Und da sag mir noch mal einer, Mathe sei hier das wahre Problem. Zurechtgedrehte Wahrheit?

Bei Freunden schwöre ICH auf das Bauchgefühl, solange das Biest nicht im Vorfeld durch Gummibärchenstreicheleinheiten oder Schokoladenorgien gezähmt wurde. Geschmackliche Irreführung? Obwohl, es heißt ja auch, dass man nicht man selbst wäre, wenn man hungrig ist. Ein bisschen Schizophrenie schadet wohl nie, wo sie dem ganzen Gebräu doch erst die richtige Würze verleiht – womit sollte man sein eigenes Süppchen sonst verfeinern und abschmecken?

Einige sagen, Freundschaft ist, wenn man spontan und ungefragt nach dem Rechten sieht und im Ernstfall weiß, wo der Schlüssel liegt. Andere sagen, Freundschaft ist, wenn man nicht mehr extra aufräumt, wenn sich Besuch ankündigt.

Das lässt einen interessanten Gedanken aufkeimen: Soll man mit seinen Macken nicht – egal ob in der Liebe oder Freundschaft – hinterm Berg halten, weil mit ihnen, als Klötze an den Füßen, der Beziehungsberg unmöglich erklimmbar wäre? Oder soll man mit der Tür ins Haus fallen und gucken, wer stehen bleibt und wer Reißaus nimmt? Dann ließe sich immer noch abwägen, ob es sich lohnt hinterherzurennen, um die Flucht mit einer Erklärung aufzuhalten – oder sie nur hinauszuzögern? Wenn man Menschen mit einer verklärten Wirklichkeit für sich einnimmt, bleiben sie dann auch, wenn das perfekte Bild bröckelt? Und wenn man das Gegenteil tut und anstatt zu beschönigen geradeheraus ist, muss man sich dann um Perfektionismus scheren? Allerhöchstens muss man dann weniger schönwetterdenken und ein Donnerwetter nicht ganz so tief in sich begraben, damit es ja nicht doch noch irgendwann das Tageslicht verdüstert.

Doch der Preis der Authentizität ist, dass mit knallhartem Herausbollern einigen die Wahrheit wie ein Brett vor den Kopf stößt oder wie ein Peitschenhieb in den Ohren schrillt. Das schmeißt sie vermeintlich aus dem Hinterhalt (weil solche Dinge aus Prinzip holterdiepolter geschehen) ins kalte Wasser oder beschert andere unangenehme Erfahrungen, von denen sie gerne verschont geblieben wären.

Daher schmälert sich der Wahrheitssager nicht selten die Telefonliste und geht Einbußen in der Communitygröße ein. Und das auch mit Auswirkungen auf seine Facebookfreunde – und jeden, den er sonst noch so on-, wie offline als Freund kategorisiert.

Im Gegensatz zum unverbesserlichen Ja-Sager bleibt dem Wahrheitssager aller Wahrscheinlichkeit nach ein harter, beständiger Freundschaftskern, aus dem er die schwarzen Schafe nicht länger per Ferndiagnose aussortieren muss.

Der Grund für das Debakel: Einander so zu nehmen, wie man ist, ist leichter gesagt als getan. Dabei versprechen wir uns ohne gekreuzte Finger: Vertrauen und Geborgenheit und vieles mehr. Nahezu vollautomatisch.
Wir nehmen den Mund voll und manchmal wird etwas versprochen, was nicht gehalten werden kann. Ein Beispiel: „Vor dir ist mir nichts peinlich." Darf oder soll man wirklich vorschnell verallgemeinern? Vor Freunden sollte einem also nichts peinlich sein? Denkste! Spricht mich neulich doch ernsthaft einer meiner Kumpels darauf an, ob ICH nie ... Nun gut, wie sag ICH es, ohne plump zu sein ... also, ähhh, nun ja, also, mhmm.

Fragt er mich doch geradeheraus, vielleicht ein paar Umwege entlangschlängelnd, Leitpfosten missachtend, mich aus der Bahn schleudernd, nun ... lassen wir das! Also fragt er mich einfach so, ob ICH nie pupsen, furzen, schaasen, schoaßen, flatieren, Luft ablassen ... chemisch korrekt: „Methan ausstoßen" würde.

Da Flatulenz … nein, lassen wir das Versteckspiel und nennen das Kind beim Namen: Da Blähungen eine „Volkskrankheit" sind, habe ICH ihm ehrlich geantwortet: Klar müsste ICH das auch, das müsste jeder, ICH würde mich nur bemühen, dieses Problem nicht zu vergesellschaften. Aber warum ist das so?

Warum wird aus einer Lappalie, einer Nichtigkeit, wo sie doch alle angeht, ein Problem gemacht, ein Strick gedreht, das Gespräch auf das Wort genau „unflüssig"? Der Moment, in dem Dinge als Tabuthemen kategorisiert werden und man sie totschweigt, macht diese augenblicklich zu einem keiltreibenden Problem.

Der Blick hinter die Fassade des Gegenübers ist auch mit Facebook-Profil, Instagram-Präsenz oder langjähriger Whatsapp-Bekanntschaft nicht durchlässig genug, um die Alltagstauglichkeit in allen Bereichen zu erproben. Nicht zuletzt das Retuschieren lockt – die vollkommene Reinheit der Schönheit.

Der unliebsame Beigeruch der Faulgase schockiert auf vulgäre Weise. Pro Tag produziert jeder Mensch einen Gasüberschuss von bis zu eineinhalb Litern, der nicht über den Blutkreislauf in die Lunge gelangt und abgeatmet wird. Weshalb also wegrennen? Da hilft kein Wegrennen.

„Entweichen lassen", lautet die Devise. Meine werte Großmutter pflegt zu sagen: „Was raus muss, muss raus." Bauchkrämpfe kann niemand gebrauchen, muss das Umfeld doch ansonsten stillschweigend wegen unterlassener Hilfeleistung verklagt werden. Und ICH wage zu bezweifeln, dass ICH es nur nicht verpöne, wenn mein Opa neben mir „einen fahren lässt", weil er älter als mein Freundeskreis ist. Nein, weil er weiß, der Leibwind gehört dazu und muss ganz einfach raus. Wir gehen ja auch zur Toilette. Und wenn im Schuh ein Kiesel drückt, wird dieser nicht die nächsten Kilometer spazieren getragen, um eine wunde Stelle zu reißen oder Hornhautbeulen zu produzieren, sondern in die ersehnte Freiheit entlassen. Wird der Ballast schnellstmöglich über Bord geworfen, kann er gar nicht erst zum Ballast werden.

Bauchschmerzen zu haben, bis es irgendwann einen Moment des Alleinseins gibt; endlich in die Schultoilette huschen, um dann doch jemanden neben sich zu haben und sich aufsparen zu müssen? Keine Option!

Was wäre ein Leben ohne Ballaststoffe? Zwar fördern sie die Darmgase (Flatus), also den vermeintlichen Ballast, aber wenn sich schon über die vegane und vegetarische Verzichtsliste gekrümmt wird, dann bleibt abzuwarten, wer ein solches Ernährungsprogramm durchziehen könnte.

Hotdogs nicht mehr nur ohne Würstchen, sondern auch ohne Zwiebeln? Rouladen ohne Rindfleisch und ohne Kohl? Dann wären wir aller Voraussicht nach beim nächsten Tabuthema: Essstörungen.

Aber denken wir nicht zu global! Die Lösung liegt doch auf der Hand: Wir nehmen eine Operation vor, nur ein kleiner Eingriff, ein kleines Opfer mit großem Effekt: geräuschloses Druckablassen. Ließe man sich doch gleich den Schließmuskel entfernen – dass der auch immerzu vibrieren und Geräusche erzeugen muss –, dann wäre der Geruch nicht lokalisierbar.

Das Opfer, nie mehr schwimmen gehen zu können, ist da leicht hingenommen (flanieren am Strand ist ja auch eine Option), von hinten vollzulaufen wäre schließlich keine ansehnliche Art des Totbleibens. Das muss nun wirklich nicht sein! Wer es daher wertungsfrei lieber hat, der kann die veraltete Bezeichnung des „Leibwinds" wiederaufleben lassen und dessen Resozialisierungsprogramm in Eigenregie anlaufen lassen.

Frei nach dem Motto: „Das ist nur mein Leibwind! Der beißt nicht! Der will nicht mal spielen, sondern einfach nur raus!"

Aber wozu das Ganze? Der Bund der Freundschaft baut auf der Grundlage auf, einander zu vertrauen. Soll also, wo sich früher in einer Runde aus Freunden und Bekannten vom durch Manieren auferlegten Zwang gelöst wurde – „Warum rülpset und furzet Ihr nicht? Hat es Euch nicht geschmeckt?" (Martin Luther) –, nun Manier aus neuadligem Kreise Gesetz sein?

Sprich: Behandle ICH meine Freunde nun wie meinen Vorgesetzten, meine Arbeitskollegen oder andere entfernte Bekannte?

Oder eben anders herum: Gehe ICH mit meinem Arbeitsumfeld um, als würde ICH mich unter Freunden bewegen?

Braucht Freundschaft ein gelbes Schild mit Warnhinweis: „Achtung, Vertrauen. Minenfeld!"? Weil man auch hier den falschen Menschen blind vertrauen könnte? Wer sich auf andere verlässt, ist schon verlassen?

Was also machen, wenn das Unwetter einen doch einholt? Genug falsche Fuffziger und schwarze Schafe vergiften das dünnwandige Klima und verstärken die Schutzmauern.

Trotz aller Umsicht geht die ein oder andere Freundschaft in die Brüche, aber Scherben bringen bekanntlich Glück – und wenn einer geht, wird ein Platz für den nächsten frei. Plätze an der Sonne oder eben in Herzenswärmenähe sind nach Stuhltanzmanier eben nicht bei allen Menschen übermäßig gesät.

Einige sehen nicht, dass Freundschaft zwar nie eine Einbahnstraße ist, aber eine ungleich befahrene Kraftfahrstraße sein kann. Wie eine Autobahn, die zur Stoßzeit oft vor allem in eine Richtung ausgelastet ist.

Die Wegmaut kann in manchen Freundschaften zu schwer und daher nicht lange tragbar sein; also zerbricht die Beziehung, weil sie als einseitiger Kummerkasten wahrgenommen wird.

Dabei kommt es ganz auf die Personen und ihre Bindung an, ab wann eine Freundschaft als „unfair" oder „belastend" angesehen wird: Manch einer beißt sich zu wenig auf die Zunge, wenn er unzufrieden ist, oder nimmt eben gar kein Blatt vor den Mund; ein anderer schluckt zu viel hinunter, frisst in sich hinein, anstatt Gefahr zu laufen, mit Giftpfeilen Missgunst zu schüren, und belastet sich eigenständig mit Nichtssagen.

Vielleicht ist es mit Beziehungen wie mit dem Wetter: Jede Wetterphase hat ihren Nutzen. Es gibt kein „schlechtes" Wetter, aber nicht jedem scheint genug Sonne aus dem Allerwertesten, um die Schlechtwetterphasen positiv aufzunehmen. Uns allen scheint die Sonne nach einer regenreichen Etappe wertvoller als zuvor – da ist sie wieder, unsere Schönwettersucht.

Wenn Beziehungen anfangen zu bröckeln, merkt man im Donnerwetter vielleicht zu spät, wie wertvoll sie waren – und vergisst, dass es Regenschirm oder Friesennerz gibt, mit denen sich so manches Unwetter gemeinsam bezwingen lässt. Man muss nur den Sprung aus dem eigenen Schneckenhaus schaffen!

KNICKLICHTGEWITTER

„Hab die Kontrolle verloren."
Sharaktah, norddeutscher Nachwuchsrapper,
Keine Kontrolle

Ein „Knicklicht" ist ein Leuchtstab, der sich nach Belieben knicken lässt und durch den externen Impuls zu leuchten beginnt. Dieses Leuchten basiert auf der sogenannten Chemolumineszenz:

Durch eine chemische Reaktion wird ultraviolettes und sichtbares Licht emittiert. Die Biolumineszenz, wie das Leuchten von Glühwürmchen, ist eine Spezialform der Chemolumineszenz auf natürlicher Basis. Knicklichter sind in verschiedenen Farben und mit unterschiedlicher Leuchtdauer erhältlich.

Beim Knicken splittert das Glasröhrchen und die beiden vorher separierten Substanzen reagieren miteinander. Was tut aber diese chemische Wundertüte zur Sache?

Das liegt auf der Hand, wenn wir uns ansehen, was uns im Leben begegnet: Wir lassen uns von anderen formen, zurechtschleifen und zum Leuchten bringen. Wenn wir uns nun verbiegen (knicken) lassen, kann uns das Licht ein wohltuendes Leuchten oder ein von außen auferlegter Zwang sein.

Es können aber auch Phasen kommen, in denen uns der Grad der Fremdbestimmung zu viel wird und wir ins Unwetter schippern: das Knicklichtgewitter, in dem wir selbst das größte Irrlicht sind, weil wir zwischen den Irrwischen nicht mehr unterscheiden können oder uns selbst nicht wiedererkennen – uns vielleicht gar vergessen.

Im Knicklichtgewitter blüht der eine womöglich auf, ein anderer hingegen muss erst einmal auf Selbstfahndung gehen, ein dritter hält dem Druck nicht mehr stand und steigt aus.

Ob dieses Leuchten ein Hilferuf mit Signalwirkung oder ein aufregendes Farbspektakel ist, ist also Interpretationssache.

Knicklichtgewitter lassen sich vor allem an der Schnittstelle zwischen Heranwachsendem und Erwachsenem bestaunen, ansonsten treten sie nur vereinzelt und weniger geballt in Erscheinung.

Eine Reihung von Knicklichtgewittern kann zu Erschöpfung, im schlimmsten Fall – der Überlastung geschuldet – sogar zum Herzstillstand führen.

STARALLÜEREN

„Ihr sollt euch nicht Schätze sammeln auf Erden, wo sie die Motten und der Rost fressen und wo die Diebe einbrechen und stehlen.
Sammelt euch aber Schätze im Himmel, wo sie weder Motten noch Rost fressen und wo die Diebe nicht einbrechen und stehlen.
Denn wo dein Schatz ist, da ist auch dein Herz.“
Evangelium nach Matthäus, 6:19

Sind wir größenwahnsinnig? Von nichts kann ICH genug haben – nun ja, abgesehen von den Tragödien, die brauch ICH nicht. ICH hab ohnehin schon genug Drama. ICH kann improvisieren – und für ein Improtheater braucht es meist nicht viel, nicht mal einen kühlen Kopf. Gestritten wird über Nichtigkeiten. Mein Kleiderschrank quillt über, verzieht sich zu einem Ungetüm, in dem sich Schrankleichen stapeln und Mottengenerationen satt werden. Aber ICH kann nicht anders, ICH muss kaufen.

In Afrika verhungern Kinder, während Europäer, gleich welchen Pigmentierungsgrades, sich über ihre Kleidung in die Wolle kriegen, sich uneins mit ihrem aktuellen Partner sind oder nicht entscheiden können, was sie kochen sollen oder bestellen wollen.

ICH bin nicht größenwahnsinnig, nur nicht anspruchslos! Stimmt das? Immerhin bin ICH hin und wieder gewillt, für die Kinder in Entwicklungsländern Geld lockerzumachen. Um dann Dankeschönpost zu erhalten. ICH kaufe mich nicht frei, ICH helfe.

Oder ICH schalte in der Werbung bei Hilfeaufrufen ausnahmsweise nicht weg. Geteilte Aufmerksamkeit, die im Multitasking untergeht.

ICH nehme Anteil – ICH unterstütze. Und so darf ICH – wie die anderen – meine Zeit meinen eigenen Problemen widmen.

ICH versuche meinen Partner festzuhalten. Einige von uns wärmen sich anderer Leute Herzen vor, nur um dann doch zu Hause zu essen. Wieder andere verlieben sich heimlich still und leise und spinnen doch alleine in Gedanken Hätte-Wenn-Szenarien.

Dazwischen wird mit angezogener Egohandbremse aus vollem Herzen gegönnt. Wo im Kindesalter noch Spielzeuge gehandelt und beneidet wurden, werden nun Partner „gehandelt". Vordatierte Ehebrüche. Kalkulierte Vertragslaufzeit von sieben Jahren. Warum sich lange ernsthaft binden, wenn die gemeinsame Zeit ein Verfallsdatum hat?

Zeit wird in einer schnelllebigen Welt relativ, ungeteilte Zweisamkeit vielleicht sogar überflüssig, weil am Ende des Tages fruchtlos? Vergeudete Mühe.

Unter dicker *Manipulitur* spielen wir gemeinsam heile Welt, halten fest, was wir eigentlich loslassen wollen, und sitzen unbequeme Entscheidungen aus. Dabei müssen wir raus aus dem Improkreis und uns einlassen aufs Leben – alleine; ohne Stuntman.

momentaufnahmen

Momentaufnahme(n): Es braucht keinen Sucher, kein Blitzlichtgewitter, kein Digitalbild, keinen Zeitraffer, keine Serienfunktion, keinen Fernauslöser, keine Innenkamera, um den Geist eines Augenblicks einzufangen. Was es braucht, sind Ohren, Augen, Nase und Mund sowie Hände zum automatischen Melodien-, Eindrücke-, Geruch-, Geschmack- und Gefühlsammeln. Knipsen ist für Amateure, weil gesammelte Serienbilderstapel schnell welken und Erinnerungen lebendig rekonstruiert werden müssen: Momentaufnahmen sind nur ein Hilfsmittel zum Zweck.

Ankommen: Schultern verwebend, Arme flechtend, Nähe erforschend, Wärme spendend, hocken zwei Traumtänzer aller Augen fern.
In der Dorfmitte zwischen den Resten der Nacht
stehlen sie sich im Morgengrauen
in den letzten Schatten fort.
Dort dem Tratsch voraus
funkt's tauzart
ins Morgenrot.

Kofferpacken: Klamotten wirbeln durch die Luft, Fußsohlen nageln das Parkett, Lungenflügel versuchen, abgestandene Luft zu verdrängen.

Da bin ICH, dort bist DU. Aber wo sind wir?

Zwischen uns drängst DU dein vorgeschnürtes Wortgerüst, lange vorgepackt.

Gesicht in Hände vergrabend sitzt DU dann vor mir, beobachtest ein ICH, das Zahnsägemehl absondernd für dich mitträn, aus allen Öffnungen, an brennenden Herzklumpen erstickend.

Gedanklich beginne ICH unser fragiles Kartenhaus rückwärtszupurzeln: ICH packe meinen Koffer ohne dich. Dann lässt DU mich ausgebrannt im Regen stehen. Knöcheltief in doppelbodigen Halbwahrheiten.

Auf der Durchreise; ICH bin gekommen, um zu bleiben; DU, um zu gehen. Gemeinsam abgekommen.

Brautschau: Wenn der Halbwüchsige in die Pedale seines Trettreckers tritt, um seine Freundin von der Ecke abzuholen und sie zum Spielplatz – einen Steinschlag weit – zu chauffieren.

Ein Vollwüchsiger fliegt einmal um die Welt,

DU schwingst dich auf dein Fahrrad und radelst kilometerweise gegen den Wind.

Da steht einer vor deiner Tür und schaut nach dem Rechten – aus freiem Bauchimpuls.

Mut ist mit den Wagenden. Glücklich ist, wer einen von ihnen kennt.

Standortwechsel: Beim Heimkommen.
Ankommen. In deinen Armen. Einfach sein. Ohne nachzu-
denken. Ausatmen. Glückseligkeit auf zwei Beinen.
Nebensachen ausblenden. Pulseinklang.

Nachtigall: Die Nacht liegt ihr in den Gliedmaßen. Durchtanzt. Disco-Ohrenrauschen. Fremder Rauch bleiert den Atem, Sonnenstrahlen brechen durch die Rollospalten und penetrieren Sandmanntränensäcke, die durch verlagerte Wimperntusche kleben. Duschwasser spült Tanzflächen-Erinnerungen von der Haut.
Er bleibt ein einsames Relikt:
der Eintrittsstempel.

O'mage: In Gedanken sitze ICH auf deiner Holzbank, Klönschnack mit Blick in deine Straße.
Auf der Zunge habe ICH deine hausmännisch gewürzten Salzkartoffeln, an meinen Händen haftet Tomatenstängelabrieb deines sommerluftgeschwängerten Gewächshauses.
Deine Kakteensammlung bestaunend, in deinem Ohrensessel versinkend, Lakritznachtisch auf der Zunge schmelzend – Zähne hartnäckig verklebend.
Deine Stachelwarze, auf die ICH seit Kinderbeinen neidisch bin, kitzelt auf meiner Wange,
als du mir einen Kuss aufdrückst.
Dein Kölsches Wasser kriecht mir in die Nase
– nistet sich ein.
Bernsteinring kreisend, rückwärtsdenkend,
in Erinnerungen schwelgend.

Bulli: Mit achtzig Sachen auf der Landstraße,
bis der Außenspiegel zittert,
dann zwischen Feld und Flur,
in Schafskötel-Duft,
mit Schweißperlen auf der Haut;
durchs Fenster weht die Küstenluft –
irgendwas zwischen halb auf oder halb zu,
Oberarm-Training hinterm Busfahrerlenkrad,
der Motor brüllt wie ein Bär,
es knattert, rostet, blinkt und mäht;
über Stock und Stein,
was kann schöner sein?

Abschied: Bis morgen!, sage ICH.
Wer weiß, ob wir morgen noch alle da sind, sagst du.
Dabei schwingst du auf deinem verbogenen Drahtesel
hin und her –
Oldtimer-Mensch-Fahrrad-Symbiose.
So ist das eben; irgendwann
müssen wir alle gehen, sagst du.
Irgendwann, aber nicht heute, sage ICH
und radle davon, bevor du widersprechen kannst.
Zwei Sturköpfe unter sich, wissen wir beide.
Diese Fahrrad-Gespräche gab es oft,
bis dein Gehör weniger wurde, oder der Wind,
der über die Felder in dein Ohr wehte, mehr.
Und plötzlich war
irgendwann –
über Nacht.
Jetzt.

Aufklärungsgespräch: Liebemachen
ist kein Vergehen,
sagst du, dann nichts weiter und
gehst mit einem Zwinkern.
Wenn der Herzschmerz mich holt,
reichst du mir die Hand.
Opakind.

hier und da:
wir waren hier und da,
unserem glück so verdammt nah,
DU bist fortgegangen,
mit nur einem einzigen verlangen,
freisein war dein selbsterklärtes ziel,
nur war das 2020 kein leichtes spiel,
nun ist's 2021 und DU sitzt im wandquartett,
teilst nur mit der leere dein bett,
ICH bin hier und DU bist da,
unser wir, das war einmal,
ICH sitz hier und DU sitzt da,
unsre freiheit nicht mehr zum greifen nah,
DU bist telefonhörerfern,
ICH zwischen hier und da und hätt ich gern,
hier und da stillstand-starren an die wand,
wär da doch nur deine vertraute hand,
aber ICH bleib hier und DU bleibst da,
dem telefonhörer fingerspitzenzuckend nah.

Reiz-Zwecke: Er stand auf sie, aber es kam noch mehr
zum Stehen.
Randläufig, federleicht, nicht offensichtlich
hielt er eine pulsierende Nichtigkeit,
leicht zu überseh'n,
versteckt unter einem Halbtransparent.
Ein Transparent, das ihm entlockte,
dass er sich selbst nicht länger kennt.
Es braucht kein Geschmeide,
keine Wäsche für den zwickenden Reiz,
das ist das Gemeine.

Eintagsfliege: Sie wissen beide nicht warum, aber sie sind zusammen. Erwachen nebeneinander und stehen wie benommen gemeinsam auf, um sich kurz darauf beim Frühstück gegenüberzusitzen und wie Geister durch einander hindurchzuschielen. In ihrem Essen stochernd, weichen sie sich aus; versuchen, sich einen Reim auf die Zweisamkeit zu machen. Doch sie schaffen es nicht. Die Konsequenz: Sie verabschieden sich voneinander und von ihrer kurzen wie sinnfreien Zusammenkunft. Danach lassen sie die Beweise verschwinden: Sie wechseln das Laken, spülen das Geschirr mit Scheuermilch, polieren die Haut, wo der Lippenstiftabdruck war, auf Hochglanz, und duschen den Rest des Tages, um sich reinzuwaschen.

Anschuldigungen: Schuldzuweisungen dienen nicht dazu, einen Übeltäter zu entlarven, sondern sich selbst freizusprechen, und einen anderen dafür büßen zu lassen. Selbst schuld! Wollen sie dir das einreden? Willst DU dich herausreden?

Knallfrosch: DU Tomate! Guck mal, wie rot DU wirst! Komm mal runter von deiner Palme. Wie DU abgehst! Ein Wort noch und die Kommode ist Brennholz – eins noch und es kracht. Hast DU Säcke vor den Türen oder Scheuklappen vor den Augen? Es ballert nicht, es knallt gleich! Komm schon: Sei kein Frosch!

Raubtierfütterung: An manchen Tagen sagen Eltern, die Kinder rauben ihnen den letzten Nerv; sie klagen, dass die Kleinen auf der Suche nach etwas Essbarem nicht einmal vor Kopfhaaren Halt machen, denn wie ein Scheunendrescher sind sie nicht satt zu kriegen. Sie würden ein Wettdreschen um Längen gewinnen, denn wie ein Vogeljunges sperren sie ihren Schnabel weit auf, sobald die Leittiere in Sicht kommen.

Resilienz: einatmen;
krummes gerade sein lassen;
verlorenes aufgeben;
menschen reden;
sein lassen;

ausatmen;
selbst sein dürfen;
menschen gehen lassen;
mit verlorenem frieden schließen,
krummes und kleines glück einsammeln;

merken,
dass das leben zu kurz
für bauchweh ist.

Kleinschrittig: Gemeinsam stehen sie an der Weggabelung in Richtung Zukunft. Der Griff gelockert, aber vertraut. Ihre Augen starren in dieselbe Richtung; ob sie das Gleiche sehen? Werden ihre Hände die gleiche Gelegenheit beim Schopf packen?

Sie hat große Pläne: eine gemeinsame Wohnung, eine Katze, dann Kinder – viele Träume, gewickelt um einen nackten Ringfinger.

Sie folgt ihm, wo immer seine Füße ihn hintragen. Aber sie ist keine Streunerin und er frauenlos nicht verloren. Das gevierteilte Herz in der Hand, weiß sie, dass sie gemeinsam einsam nebeneinanderstehen, und rückt kleinschrittig aus dem vollkommenen (Bilder-) Rahmen, neben den sie stillschweigend die rosarote Brille legt.

Bumerangprinzip: Da steht einer und kehrt dem anderen den Rücken, vergisst für den Bruchteil einer Sekunde, sich zurückzunehmen. Schon fliegt der Ball, den er kilometerweit über das Ziel hinausgeschossen hat (meilenweit vom Pfostenschuss entfernt). Doch er kann die Flugkurve nicht korrigieren, bevor ihn der Schall erreicht hat. Das Echo in seinen Ohren schmerzt.

Hautnah: Barfuß über Kieselsteine, Körperkontakt, Natur: Mensch, ungefilterte Nähe; im Garten stehen und einen Baum umarmen; über die borkige Rinde streichen, als sei sie eine verkrustete Hautschicht, die durch Liebkosung wieder geschmeidiger wird. Die Sommerluft und den Duft von frisch gemähtem Gras auf dem Weg zum Kompost inhalieren, als würde das Schnüffeln den Hunger stillen.

Komm, wir gehen Erdbeerenwettpflücken oder – noch besser – -wettschlemmen! Lass dir die Beeren auf der Zunge zergehen, wenn wir durchs Kornfeld rennen und die Stile unsere Beine streicheln.

Zeitgeist: Wir möchten so viel: viel erleben, viel sehen, viel fühlen – von allem möchten wir genug und eigentlich lieber am meisten haben. Viel geben? Wir möchten schnell sein, eigentlich wollen wir am schnellsten sein – die anderen können unseren Staub fressen! Wir möchten hoch hinaus; wieso tief bücken, wenn (haus-)hoch getrabt werden kann?

Wir wollen an die Spitze! Wolken wie Zuckerwatte auf unserer Zunge schmecken und höher als Wolke sieben aufsteigen.

Wir wollen uns selbst vergessen, aber wollen wir selbstlos sein? Und da ist unser Makel: Wir möchten nicht – wir wollen!

Reliquie: Eine Frau sitzt in der S-Bahn, sie erntet schräge Blicke, als ihre Tasche zu klingeln beginnt. Es ist kein I-Phone-Summen, kein Samsung-Standardton, kein synthetisches Klopfen und auch kein Zwitschern, vielmehr ein altmodisches Sirren, ein Rauschen?

Aber der Aufmerksamkeitsmagnet ist nicht das Störgeräusch: Der Störenfried hat Tasten. Für ihre Nachricht lässt die Frau sich Zeit und packt das Ungetüm „Backstein" zurück.

Dabei gibt es das Smartphone gerade einmal ein Jahrzehnt – ein Fünftel ihrer Lebenszeit. Trotzdem scheinen sie und ihr Accessoire seit Lichtjahren generalüberholt.

Sektdrossel: Da sitzt eine, ein Lächeln im Gesicht, der Grund ein frischer Blackout, von dem sie den Nachgeschmack noch auf der Zunge hat. Eine andere stuft ihr Lächeln und das Quietschen in ihrer (gut) geölten Stimme als dämlich ein; nicht, dass sie mehr vertragen hätte, aber sie wäre nicht auf die Idee gekommen, mit Bettgeflüster hausieren zu gehen – im ausgenüchterten Zustand.

Erinnerungslücke: Eben wollte sie noch etwas, nur was es war, will ihr nicht mehr einfallen; ihre Synapsen scheinen eingefroren. Vielleicht ist sie aber auch noch nicht wach und hat die kognitive Abbiegespur verpasst.

Unschlüssig läuft sie hin und her; obwohl da niemand ist, der sie hetzt oder beobachtet, wird sie schneller und unruhiger, bis sie fast über ihre eigenen Füße auf die Erinnerungsstütze stürzt und ihr die Randnotiz wie Schuppen von den Augen fällt.

Im nächsten Moment sucht sie ihre Brille, ohne zu merken, dass sie das gute Stück auf der Nasenwurzel trägt. Sie hört auf, ihre Erinnerungslücken zu zählen, weil sie sonst Angst bekommen könnte,

sie wäre dement.

Reichweite: Es fängt an, wenn die Körperspannung da ist; auf das erste Krabbeln, das erste Po- und Treppenstufen-Rutschen folgt Fahrradfahren, dann Autofahren. Die Hummeln im Mors (plattdeutsch: Hintern) lernen immer weiter zu fliegen und in die Ferne zu stieben, bis Händereichen erst schwierig, dann unmöglich wird.

Kurznachricht: Kurz. Abgehackt. Ohne Smiley. So scheint sie nackt. Fast tonlos. Den Text nicht wert. Obwohl sie nur hochdosiert – weil auf das Wichtigste begrenzt – ist. Ohne Brimborium. Ohne Krimskrams. Ohne Schnickschnack. Sie wirkt, als sei sie ihrer Emotionen beraubt. Der Empfänger sprachlos. Erlösung schleicht sich ein, als ein Smiley nachgeschoben wird. Der Text kann eingestuft, kategorisiert und abgeheftet werden.

Einvernehmlich: Es ist einvernehmlich und ein Treffen: Sie sitzt und wartet auf einen, den sie als Kumpeltyp sieht, er lässt sie warten und will sie dann gar nicht mehr loslassen. Sie merkt, dass er einen Fehler macht. Weil „einvernehmlich" für ihn „einen Anlauf nehme ich" bedeutet.

Lebenselixier: Einer, der weit über das Rentenalter hinaus ist, krepelt (plattdeutsch: schuftet) tagein, tagaus vor sich hin; egal wie krank, egal bei welchem Wetter ist er für seine Tiere, aber eigentlich für sich selbst am Arbeiten. Andere, darunter Jungspunde, die noch nie gearbeitet haben, jonglieren mit Frauengeschichten und halten sich mit Daumensport zumindest geistig fit. Den alten Mann in der geschlossenen Gaststätte mit Stall an der Ecke beäugen sie misstrauisch und fragen sich, warum er noch arbeitet, wenn seine Frau nicht mehr lebt und es nichts mehr zu verdienen gibt.

Unisex: Da gibt es ein Mädchen, das Jungsunterwäsche trägt, ein anderes hat lediglich einen männlich klingenden Namen, beide sind keine Mannsweiber, sondern Aliens. Obwohl „unisex" in ist, sind sie nicht up to date, sondern skurril. Begafft wie Vieh im Zoo – oder wie ein Grashalm von einer Kuh angeglotzt wird, wenn es donnert – werden sie an den Rand gestellt, in die Warteschlange verfrachtet oder im Regen stehen gelassen. Vergleich mit Hinkefuß. Der Name wird nicht abgekauft und die Unterwäschevorliebe als ausgestandene Geschlechtsumwandlung gedeutet. Beide wissen: Geschlechterunterschiede können nicht überwunden werden, indem man sie in einem Wort zusammenwirft. Sie bleiben für die meisten Verschriene; vor allem für diejenigen, die die seltsame Einheit nicht einschätzen können.

Zaungast: Ihre Fragen sind abgezählt, als würde mit jeder Silbe ein Schrittzähler klacken; es wirkt so, als bräuchte sie den Tratsch, um vorwärtszukommen. Wer ihr die Antwort versagt, den klagt sie an. Klageweib. Sie würde sich nicht als Tratschtante bezeichnen und es auch nicht verstehen, wenn es andere tun. In aller Routine reckt sie den Kopf und lässt ihre Augen über die leere Straße wandern, lauernd auf Stimmensirenen.

Ein anderer patrouilliert auf seinem Drahtesel in seiner eigens inszenierten Nachbarschaftswache – alles im Sinne der Sicherheit, versteht sich. Noch eine ist unter ihnen, die sich mit der alten Generation verwächst, bevor sie jung aufblüht. Nachschnacken, um mitzusabbeln.

Sei getrost, egal, was auch passiert: DU bist nie allein, es ist immer jemand da, der dich im Auge hat und dir im Redenschwingen um dein nächstes Wort voraus ist.

Weckruf: Eine Nachricht aus dem Nichts.

Schon im Lesen ist er zurück: der Hass auf die fremden Haarmonster, die verführerisch riechen, sich in deinem Bett eingenistet haben – als Platzhalter – und deine Erinnerungen schmerzhaft reanimieren. DU versuchst eure Stimmen, Bewegungen, deine Hände in den Haarwellen wegzuschieben – weit weg.

Aber schaffst DU das?

Generationenkonflikt: Einer sagt: „Ich habe das Internet gelöscht." Ein anderer stöhnt darüber, wie schnelllebig alles geworden ist. Eine sagt, dass die Generation Z unmöglich sei. Alle drei platzieren D-Züge und junge Pferde, um sie gegeneinander antreten zu lassen. Dann sinnieren sie über alte Zeiten:

Früher war ohnehin alles besser.

Da haben die Menschen ihre Versprechen und Ehen gehalten; alle wussten, wo ihr Platz war, und hatten keine Zeit, sich Wörter wie „Midlifecrisis" auszudenken.

Frauen wurden umworben, die jungen Männer machten ihnen den Hof und baten nicht nur sie um ihre Hand.

Das war Anstand.

Und niemandem, der einem anderen den kleinen Finger hinhielt, wurde gleich der ganze Arm ausgerissen.

„Da schmilzt er hin: der Schnee von gestern", sagen die Jungspunde lachend, die gut lachen haben.

„Lebensfremd", murmeln die alten Hasen, bevor sie ins Gras beißen.

Eingefroren: Die Kälte nagt an menschlichem Gewebe, kriecht in die Ärmel und die Krägen und fasst das Herz an. Aber zunächst sind die Gliedmaßen die Leidtragenden:

Hände, die vor Kälte taub werden, als wären sie nicht von dieser Welt – fast so, als hätten sie nie zu diesem Körper gehört –, machen die Kälte greifbar. Trotzdem fahre ICH mit dem Fahrrad zur Schule, ohne mir vorher die Zeit zu nehmen, Handschuhe überzustreifen.

Kaum angekommen höre ICH meine Lehrer tadeln. Aber wir rennen schon zum Schneeballwerfen auf den Schulhof. Wenn ICH eingefroren ins Klassenzimmer komme, erobere ICH mir meinen Körper peu à peu zurück; solange es eben dauert, bis er wieder aufgetaut ist und mir gehört.

Taugenichts: Ihm gelingt nicht viel, obwohl ihm noch nicht viel missraten ist; trotzdem ist er unzufrieden: kein Orden, kein Keks – kein Symbol für Triumph oder Sieg. Für den Teilnehmer nur eine Urkunde dafür, dass er mitgelaufen, nicht vorangeprescht, sondern vor Ort gewesen ist und zumindest nicht geschwänzt hat. Herausgestochen ist er trotzdem nicht. Taugt er deshalb nichts? Oder war er nur Meister im sich bedeckt halten?

Zieldenken: Da ist etwas in weiter Ferne, es ist abgesteckt und hört auf den Namen „Ziel". Es steht ein Datum daneben. In meinem Kalenderkästchen suche ICH mir in den Ecken Ankerpunkte und spinne Tag für Tag ein ewig gleiches signalfarbenes Fadenkreuz.

Hufescharrend warte ICH, bis die Ziffern zum Leben erwachen und ICH mich mit einem kleinkarierten Kalenderblatt an das ersehnte Datum anpirschen kann. Bis dahin fange ICH klein an und kreuze die ersten Tage ab.

Pleitegeier: Sie pumpen ihre Eltern an, wenn das Geld zur Neige geht; der Kopf ihres Sparschweins fängt an zu glühen, wird aber nicht abgeschlagen; sie nagen am Hungertuch. Einer von ihnen sieht die Geier über sich kreisen und borgt sich etwas, lässt sich dankend einladen; in mindestens einem von uns steckt ein Kapitalist, der nur sein Eigentum akkumulieren will.

Auftragsfreundschaft: Da steht eine und textet die Freundin zu, die Luft holt, weil sie droht, in den Informationen unterzugehen; sie hält Ausschau nach dem Rettungsring und bejaht Fragen, um sich Denkraum zu schaffen. Erst die Nachfrage bringt sie erneut ins Schwitzen, dann in Verlegenheit. Bin ich selbstsüchtig?, fragt sie sich und versucht, sich auf den Wortschwall zu konzentrieren; wagt nicht, sich das Recht herauszunehmen, selbst Rat einzuholen – aus Angst, sie wäre zu dünnhäutig.

Kleinkrämerei: Kornblumen jucken am Bein, oder ist es ein Kieselstein im Schuh? Es drückt, zwickt und ruckelt immerzu und will doch nicht fortgehen. Der Nebenmann erzählt von Läusen, die Finger fangen wie auf Kommando an zu kribbeln, oder ist das die Kopfhaut? Ist das Mückensurren eingebildet? Ist da ein Fleck auf der blütenweißen Weste? Klebt Teer an den Sohlen oder ist das Hundescheiße?

Chaossucht: Sturm ist erst,
wenn den Schafen die Locken ausgehen?
Dann ist Chaos erst, wenn der Boden anfängt zu leben,
wenn aus dem Staub Beine wachsen, die krabbeln lernen.
Dann muss nur noch eine seltene Kreatur namens „Genie"
aufgespürt werden, die mit hoher Stirn genug Angriffsfläche gegen die Übernkopfwachsen-Proble-matik bietet und
in der Lage ist, das Durcheinander zu beherrschen.

Weisheit: Schwarz-weiß denkt jeder anders. Zusammengesetzt ist unser Denken also bunt.

Schlechtwetter: Die Abservierten werden den Finger erheben und von sich zeigen, um ihren eigenen Schmerz zu schmälern;

sie werden auf den Verursacher weisen, um ihn mitsamt dem Verlust kleinzureden. Aus ihren Glasfenstern stieren sie, sprechen hinter vorgehaltener Hand aus losem Mundwerk. In Windeseile wird die gemeinsame Vergangenheit kaputtgeredet, aus Angst, vor die Hunde zu gehen. Übern Jordan geht so einiges, bis das Bild wieder ins rechte Licht gerückt werden kann und Selbstrevision betrieben wird. Denn Schlechtwetter gibt es genau genommen nicht – die Kleidung ist Dreh- und Angelpunkt. Was kommt, steht in den Sternen; was war, ist in Stein gemeißelt.

Sandmanngeschichte: Ihre Hülle liegt steif auf dem Kissen. Als sie aufwacht, sieht sie das wüste Zimmer. Sie ist eine Traumtänzerin: Sie murmelt und räumt ihr Zimmer im Vollmondlicht mit geschlossenen Augen auf, wie in Trance. Dass sie nachtaktiv war, merkt sie erst, wenn sie sich die Schlafsandkörner am Morgen aus den Augen reibt und ihr Nachtwerk beschaut.

Hausgemacht: Am Sonntag bügelt Mutter das Hemd, der feine Zwirn wird ins rechte Licht gerückt. Oma macht mit Hingabe Herzwaffeln und vergisst die Nussallergie vom Sohnemann.

Am Montag wird sich die Lehrerin vor jeder Schulstunde trotz Unverträglichkeit Pfefferminze einwerfen und danach husten.

Ein anderer ist allergisch gegen Menschen.

Die Feinschmeckerin schätzt ihre gebrannten Mandeln mehr als ihre Unverträglichkeit. Der Tisch ist gedeckt, sonntagsfein hergerichtet, der Schein leuchtet ums Kaffeekränzchen.

Taktlos: Wofür gibt es einen Klodeckel, wenn er oben gelassen wird – die Porzellanschüssel einen offen anlacht? „Wie", sagt einer und meint „als".

„Hä?", fragt sein Gegenüber und vergisst, dass es „Wie bitte?" heißt.

Der andere zieht ständig den Rotz hoch, kratzt auf Schiefer und beißt sich auf dem Metall seiner Gabel fest, kaut Nägel, popelt und spuckt aus Autofenstern.

Treffen sie sich, dann verursachen ihre Taktfehler – weil nicht synchronisiert – Auffahrunfälle.

An Fäden ziehen: Da liegt einer. Er liegt neben sich, obwohl eigentlich sie da liegen will. Gedankenfern ist er nur noch atem- und fingernah. Sie will ihn beleben. Sie wollen beide leben.

Hautfetzenreibend, Reste von Luftschlössern klauend, die Leere wettjagend liegen sie unter fluoreszierenden Sternen. Im Sekundentakt atmen sie ein und aus – sie brauchen keinen Schrittmacher, keinen, der mitzählt. Sie pulen Fadenreste aus Narbenfleisch und ziehen sich Dornen. Es ist okay, sie sind schon eins. Geschmolzen aus dem gleichen und härtesten Material: verkupfertes Tränenblei, das sie zu einem Freundschaftsarmband schmieden. Ein Herz, ein Körper, ein Geheimnis?

Randnotiz: Einer geht, ein anderer kommt? Niemand kann ersetzt werden. Wenn einer geht, versucht der andere mit einem Dritten das Loch zu flicken, aber von hundert Prozent kann hier nicht die Rede sein. Einer baumelt, einer liegt, eine hängt, eine schient sich in der Waagerechten, eine sinkt, zwei entschleunigen, eine stürzt, der Nächste schluckt, die Nachfolgerin schneidet, keiner atmet. Der Rest sucht Randnotizen und Fußnoten, das Ergebnis der Fahndung ist in allen Fällen unzureichend. Kommt Zeit, kommt Rat? Geht Zeit, bleibt Ratlosigkeit.

Bruchstaben: Manchmal habe ICH das Gefühl, ICH atme nicht. Und wenn ICH atme, dann atme ICH Buchstaben, weil ICH die meiste Zeit – wenn ICH nicht gerade schlafe – rede, und beim Reden hole ICH keine Luft. ICH denke in Romanen und presse meine Gedanken in Reihungen von Einzelgängern zwischen die Buchseiten – papyrusdünn, rapunzelhaarfein, libellenflügelsteif. Ein Atem-, nein, ein Windhauch nur; und sie lernen fliegen, denn Gedanken sind frei. ICH bin ein buchstabenvertilgendes, buchstabendenkendes, buchstabenredendes Wesen. Soll ICH anfangen zu buchstabieren? Wie hättest DU es gerne? Vorwärts, rückwärts, rechts, links, geradedurch, querfeldein, um die Ecke, kreuz und quer? ICH buchstabiere, bis DU einen Reim darauf weißt, die Welt, wie ICH sie seh. Da bricht kein Zacken aus meiner Krone, wenn DU meine Buchstabenbruchstücke aufsammelst, sie aneinanderreihst und sie ausamtest; das ist Medizin.

MISTER RIGHT

MISTER RIGHT

„Wie kann aufRICHTIG lieben falsch sein?"
TB, 2021

Vorbelastete Mädchen auf der Suche nach dem menschgewordenen „Ken" ziehen folgenschwere Fehlschlüsse; verfrachten schüchterne Jungen mit Pickelkratern in Freundschaftsschubladen. Gibt es überhaupt den einen Richtigen? Umwerbermodus versus Ligaspiele. Aber in welcher Liga spielen DU und ICH? Wo findet sich ein Mister Right, wenn weiße Pferde, Ritterrüstungen und Märchenzauber out sind?

Beim Tanzen oder Trinken? In der Klowarteschlange oder im Kino? Im Vorbeigehen oder im Freundeskreis? Online, beim ONS oder Speeddating? Ist das dann Liebe auf den ersten Blick oder Zufall?

Was macht einen Mann „richtig"? Ist er richtig, wenn er nach wenigen Monaten auf die Knie fällt? Wenn er bleibt, wenn Frau unverhofft in freudiger Erwartung ist? Ist er richtig, wenn er sich nicht durch die Nachbarschaft schläft, sondern wartet? Wer sagt, was richtig und was falsch ist?

Frau wünscht sich ...
einen guten Zuhörer,
einen Fels in der Brandung,
an den sie sich lehnen kann, der ihr Rückhalt gibt
(die wenigsten Frauen wollen sich jedoch abhängig machen),
der ihr gegenüber aufrichtig ist
(Frau will hier aber nichts über überschüssige Pfunde oder
von Kritik an ihrem Kleidungsstil oder
dem Attraktivitätsgrad von Artgenossinnen hören);

Frau wünscht sich einen Partner, der ...
humorvoll ist
(Achtung: nicht zu verwechseln mit kindisch),
intelligent ist
(aber bitte nicht wesentlich schlauer als sie selbst);
frei von Gelüsten nach fremden Frauenkörpern ist.

Demnach sollte Mister Right ...
ein einfühlsamer Liebhaber,
gutaussehend
(Muskeln: ja, aber nicht zu übermächtig und nicht zu
mickrig),
nicht zu introvertiert und
in den meisten Fällen mindestens einen Kopf größer sein
(vor allem für die Frauen von gravierender Bedeutung,
die Absätze nicht aus ihrem Kleiderschrank verbannen
wollen – was für einige ein ziemlich großes Opfer
wäre).

Aber neben allen Wünschen an Mister Right ist das
Wichtigste, dass Frau einen Partner aus der Wunsch-
fabrik bekommt,
neben dem sie sie selbst sein kann
(vor dem ihr also „nichts" peinlich sein muss).

Funktioniert das, wenn sie ihn nicht sich selbst sein lässt?
Wenn beide Parteien nicht unvoreingenommen aufeinan-
der losgelassen werden?

Erwartungsdruck oder Zugzwang?

Fakt ist: Die Männer haben es nicht leicht mit den Frauen und die Frauen nicht leicht mit den Männern. Aber ist es das wert, dass man sich gegenseitig das Leben zur Hölle macht, statt Klartext zu reden? Wird Frau Abstriche machen oder sich bei der Suche nach der Nadel im Heuhaufen selbst im Weg stehen? Muss es in einer aufgeklärten Welt noch einen Mister Right geben? Kann oder darf es das?

MISS RIGHT

MISS RIGHT

„Nur nicht-lieben, aus Angst es nicht RICHTIG zu machen, scheint falsch."
TB, 2021

Gleichberechtigung vor! Es gibt einen Topf, der nach (s)einem passenden Deckel Ausschau hält und einen Deckel, der (s)einen Topf sucht. Dabei sind Töpfe und Deckel nahezu universell kombinierbar, solange es sich nicht um einen Schnellkochtopf handelt – und sonst kann man immer noch mit Frischhaltefolie Abhilfe schaffen. Dieser Kochtopfvergleich ist weniger Zufall als pure Absicht: Wehendes Hochglanzhaar ohne Kletten, porentief reine Haut, Pfefferminzatem und top gestylte Kleidungskompositionen – kombiniert mit Sternekochkünsten.

Ist das die Traumfrau? Ist Traumfrau gleich Ehefrau? Und muss die Miss Perfect in technologischen Zeiten noch eine Wasch- und Bügelwundermaschine sein? Ist sie ein emsiges Bienchen? Darf oder soll sie formbar sein, oder hart im Nehmen? Aber wohl nicht zu männlich oder zu weinerlich? Darf sie ein unverbesserlicher Dickkopf sein? Muss sie zu Hause bleiben und mit Kindern jonglieren? Was, wenn sie keine will? Wie wäre es mit einer Multifunktionspuppe der Superlative – mit Wunsch- und Stummfunktionen?

Sind Mister Right und Miss Right am Ende doch nur Stereotypen und keinen Daumenbreit entfernt von jemandem wie dir und mir? Warum kategorisieren? Gibt es im industriellen Zeitalter noch Töpfe und Deckel mit Unikat-Charakter?

Fakt ist: Jede Topf-Deckel-Kombination kocht am Ende ihr eigenes Süppchen.

Warum das Träumen von Frauen als …
vollbusige, gelenkige Sexobjekte,
einsetzbare, funktionsfähige Hochleistungs-
gebärmaschinen,
monogame Gespielinnen,
Mutterersatz für übermorgen,
Marionetten …?

Woher kommt der geschlechtsübergreifende Druck,
Stereotypen erfüllen zu müssen? Warum sich Gedanken
machen über Kleidungsstil-Taktgefühl, unnützes Hüft-
gold, unförmige Sommersprossenformation, unreine
Haut? Bin ICH weniger richtig? Wer sagt dir, dass ICH richtig bin? Wer sagt mir, dass DU falsch bist?

Vergrößert sich meine Angriffsfläche, wenn meine
sensiblen Antennen den Stereotypen Glauben schenken?
Bin ICH schwach, wenn ICH für sie empfänglich bin?
Wenn wir beide ein bisschen „fehlerhaft" sind, vielleicht
sind wir immer noch puzzlebar? Gemeinsam richtig?
Willst DU mein Deckel sein?

KOLLATERAL SCHADEN

KOLLATERALSCHADEN

„Was hülfe es dem Menschen, so er die ganze Welt
gewönne und nähme doch Schaden an seiner Seele?"
Evangelium nach Matthäus, 16:26

Es gibt viele Arten, sich und anderen zu schaden. Einige Schäden nehmen wir billigend in Kauf. Oder machen sich junge Leute bei jedem Discobesuch über die Gehörschädigung Gedanken? Wird bei einem Glas Alkohol die Leber oder nach der persönlichen Promillegrenze gefragt? Hauptsache, man kann noch geradeaus laufen. Das Problem ist der „Kollateralschaden", auch Rand- oder Begleitschaden, der häufig erst durch Rettungsmaßnahmen entsteht. So kann ein Schaden geschmälert werden, aber gleichzeitig ein anderer hinzukommen. Ziehen Sie eine Arschkarte – Sie können nur verlieren. Gehen Sie nicht über LOS.

Was ist, wenn DU Schaden nimmst und Hilfe brauchst? Bist DU dann schwach? Was machen Worte wie „Negativphasler", „psychisch labil", „Gestörter" oder „Hirnie" mit mir, wenn ICH Hilfe brauche? Sag mir, was kann ICH tun, wenn die Welt dir keinen Rückhalt gibt und ICH selbst heillos verloren bin? Wie sollen wir gemeinsam wieder Boden unter die Füßen bekommen? Was ist, wenn wir uns untereinander in Schuldzuweisungen verlieren – sie so verquer und wild werden, dass der Problemkern nicht mehr auffindbar ist?

Wie werden wir reagieren, wenn wir für die anderen nur verkorkste Taugenichtse bleiben, egal wie sehr wir uns anstrengen? Wer ist schuld, wenn Kleinkinder hilflos Koffer packen, um fortzulaufen, aber niemand da ist, der sie abholt? Dürfen Eltern Lieblingskinder haben?

Und was ist, wenn wir den Sprung aufs Siegertreppchen neben die Goldkinder nicht schaffen?

Was ist mit Kindern, denen Hände, Arme und Füße kein sicherer Schutzschild vor der elterlichen Tracht Prügel sind? Ab wann zählt ein Klaps als Schlagen?

Was ist, wenn DU mir sagst, dass einmal keinmal ist? Muss ICH dir verzeihen? Kann man alles verzeihen?

Lebt man in einer heilen Welt, wenn man nicht streitet? Was ist mit Vorbelasteten? Wer denkt an die Splitterkinder mit kaputter Kindheit? Was ist, wenn ICH Angst habe zu vertrauen, wirst DU auf mich warten – oder bin ICH Altlast? Was ist, wenn ICH mich nicht leiden kann?

Was machst DU, wenn ICH dir meine Narben zeige? Läufst DU schon, oder bleibst DU noch?

„Bis zur Hochzeit ist das verschwunden", besprechen die Alten Verletzungen. Sind Narben aus gekämpften Schlachten überhaupt nennenswert, oder sollten wir sie hinter dem Schein der Siege verstecken?

Was wäre, wenn wir mit offenen Karten spielen und die Hosen runterlassen? Wenn wir aufhören, uns zu verstecken, und in unserem eigenen Tempo gehen, ohne miteinander Schritthalten zu müssen, und dann schauen, wohin uns das bringt? Lass dich nicht von deinem Umfeld beeindrucken, gehe deinen Weg, ohne aus der Puste zu kommen. DU musst weder vorausgehen noch jemandem oder etwas hinterherrennen.

Es muss keinen Kollateralschaden geben. Am Ende des Tages ist kein Schaden wirklich verschmerzbar.

FETTNAEPFCHENMARATHON

„Zu viel ungesagt, zu viel ungetan, zu viele Gedan-
ken, die gegen Gehirnwände drücken. An jedem An-
fang versteckt sich ein Ende."
TB, 2015

An einem dieser Tage falle ICH – mit einem eingeschla-
fenen Fuß – mehr aus dem Bett als aufzustehen; ICH sto-
ße mir erst den kleinen Zeh und dann den Kopf an einer
Kante, die ICH vorher nicht bemerkt habe. Meinen Zahn-
putzbecher lasse ICH fallen, weil mich die Kraft verlässt,
meine Hand augenblicklich Sehnsucht nach meinem Bett
verspürt. Das Wasser wandelt seine Lageenergie um und
spritzt auf die Fliesen. ICH steige aus den Fluten, versuche
nicht auszurutschen, als ICH mich – ICH doofe Kuh – vom
Eis holen will. Falle die Treppe rauf, runter, stolpere und
rutsche sie zu Ende.

An einigen Tagen lasse ICH nichts anbrennen. Heute
schmeckt mein Toast verdächtig nach Kohlenstoff. ICH
schlucke und verbrenne mir bei einem Löschversuch die
Zunge an meinem heißen Tee.

Auf meinem Weg zur Schule hetze ICH auf meinem
Drahtesel zwischen Passanten umher und baue einen
Auffahrunfall mit einem Leidensgenossen. Kaum bin ICH
wieder losgefahren, schickt Gott die Sintflut auf mich herab.
ICH habe die Distanz des Gewitters brav ausgerechnet, die
Sekunden zwischen Blitz und Donnergrollen gezählt und
ordnungsgemäß durch drei geteilt. Dabei habe ICH die
Himmelsrichtung nicht bedacht (an was soll ICH noch
alles denken?) und bin prompt in den Hauptschauplatz
hineingeradelt. ICH werfe das Fahrrad ins Gras.

Dem Herzkasper nahe renne ICH um mein Leben, schlage auf dem rutschigen Untergrund lang hin. ICH sehe jemanden, den ICH gleich darauf erkenne und anspreche. Er guckt mich entgeistert an und ICH merke, dass ICH ihn doch verwechselt habe. Rotwangig mache ICH mich aus dem Staub. Das Unangenehme ist, dass sich der vermeintliche Freundes-Doppelgänger an meine Fersen heftet und meint, mich doch zu kennen – den Irrtum auf seiner Seite sieht.

ICH mache mich vom Acker, spaziere fahrradlos und gedankenverloren durch die Feldmark; bemerke ein Auto, einsam und verlassen am Ende des Plattenwegs. Wird einer spazieren gegangen sein, oder es ist der Jäger, der seinen Hochsitz aufsucht, denke ICH. Was ICH nicht denke, ist, dass ICH in ein Techtelmechtel hineinplatze.

Am Tag darauf: Zu Hause angekommen vergesse ICH mit planetenfernen Gedanken, die Folie vom Ofenkäse abzuziehen; erst der Geruch von geschmolzenem Plastik holt mich zurück.

Dann kocht meine Milch über und ICH ertappe mich, wie ICH den Tee wieder zu lange ziehen lasse. Nur die Harten kommen in den Garten, denke ICH.

Nicht aus Wut, sondern aus Faulheit werfe ICH mein Handy aufs Bett, doch der Wurf ist zu kräftig und es springt von der Matratze gegen die Wand. Andere schicken ihr Mobiltelefon auf Tauchkurs in die Kanalisation, retten es in letzter Sekunde. Mein Problem ist nicht meine Schusseligkeit, sondern der Fakt, dass das mobile Endgerät aka mein Lebensmittelpunkt kaputt ist. Dann lieber ne Spider-App!

An einem anderen Tag komme ICH zu meiner Verabredung viel zu spät und abgehetzt, wie immer. Im nächsten Moment steht da einer, dessen Name mir nicht einfällt, ICH gehe trotzdem auf ihn zu – in der Hoffnung, der Name würde mir im Gespräch schon wieder einfallen.

Leider ist seine zweite Frage, ob ICH seinen Namen noch wüsste. Während ICH in Gedanken mit zwei Namen jongliere, verpatze ICH meine Fifty-fifty-Chance.

Am Abend auf dem Weg zur Diskothek werde ICH von meinem volltrunkenen Nebenmann hochgehoben, bekomme Angst, der Betrunkene unter mir könnte die Kontrolle verlieren und ICH würde auf der Straße landen; ICH wehre mich und mein Tritt landet in seinen Kronjuwelen.

Stunden später falle ICH zu Hause die Treppe hoch.

Irgendwann zwischen diesen Tagen sage ICH Nein und meine doch Ja und irgendwie auch Nein. Dann hintergehe ICH mich selbst und merke, dass ICH mich an diesen Tagen nicht leiden kann. ICH fange wieder an zu laufen. Wovor ICH weglaufe, weiß ICH gar nicht so genau ...

Weit komme ICH nicht, ICH rutsche aus und schlage auf einem Kinderspielplatz beinahe lang hin, aber ICH stehe wieder auf, bemerke mein verschmutztes Bein und laufe meinen Parcours zu Ende. Nach der Hälfte wundere ICH mich über den hartnäckigen Sand an meinem Unterschenkel und muss naserümpfend feststellen, dass es kein Sand, sondern Hundesch**** ist.

In der Dämmerung stapfe ICH in ein frisches Fundament. ICH sauge die Nachricht auf meinem Handy förmlich vom Display auf und gebe dem Klischee recht, als ICH gegen eine Laterne laufe.

Zwei Tage später steige ICH aufs Pferd und falle auf der anderen Seite herunter. Das heißt, eigentlich falle ICH nicht – ICH rutsche in Slow Motion. Alle Augen sind auf mich gerichtet.

Fast beiläufig höre ICH aus dem Tratsch der Leute von Brandstiftern, von denen ICH einen vorher gar nicht so uninteressant gefunden habe.

Später lese ICH in der Zeitung über einen Sexualstraftäter, den man im Nachbarland aufgegriffen hat und der früher nur einen Steinwurf entfernt gewohnt hat. Mich durchströmt seltsame Erleichterung.

Im nächsten Moment bekomme ICH einen Einzeiler, der es in sich hat: „Hast du Bock auf Sex?", steht da, ganz ohne Alkoholkryptologie ins Handypostfach getippt. ICH ekele mich und blockiere den Bekannten, der mir jetzt nicht mehr sympathisch werden kann. Dann bekomme ICH dreiste Bitten um Bildsendungen und kann an drei Fingern abzählen, dass sie Fantasien anregen sollen.

An einem lauen Vorsommertag macht mir eine alte Dame auf dem Dorffest ein Kompliment über mein Aussehen; eine andere entkräftet es, indem sie sagt, man müsse sich auch ranhalten in dieser Welt. Die Konkurrenz sei groß. Als ICH beim Kuchen zulangen will, rutscht mir heraus, dass ICH kurz zuvor zu Mittag gegessen habe, zu hören bekomme ICH: „Dein Arsch ist auch dick genug." Zu allem Überfluss schneide ICH dann statt des Kuchens die Flüchtlingsproblematik an und stürze mich mit einem vorbelasteten Flüchtling aus einem anderen Jahrzehnt in eine Diskussion ohne Boden.

Auf der nächsten Scheunenfete treffe ICH einen flüchtigen Bekannten und frage, wo er seine Freundin gelassen hat. Er ergänzt: „Ex-"; ICH rate ins Blaue: „Gestern?" Er nickt – ICH stehe dumm da.

Schnellen Fingers verschicke ICH zwischendurch eine Nachricht und weiß eine Sekunde später nicht mehr, ob ihr Inhalt oder nur der Adressat falsch war.

An einem Abend sitzen wir am Lagerfeuer: ICH bin nüchtern und dem Erektionstricks-Gebrüste der Jungs schutzlos ausgeliefert. Einen Gürtel brauche man, um den Ständer vor einer heißen Braut wegzuklemmen, problematisch werde es nur, wenn es dann zur Sache geht.

Das Kopfkino bekomme ICH erst wieder weg, als meine Freundin mir die ewig gleiche Leier über mein trostloses Liebesleben aufs Butterbrot schmiert.

Alle anderen wissen besser über meine Gefühle, mein Liebesleben und mich Bescheid, wieso will ICH das nicht endlich einsehen? Sie holt meine Liebesdesaster-Dauerschleifen so lange aus der Schublade, bis ICH mich aufrege oder bis es wirklich alle Anwesenden wissen.

Schamrot stehe ICH dann dem Typen gegenüber, dem ICH lange einen Korb (keinen Präsentkorb!) gegeben habe und der mich seitdem offensichtlich (under-)cover stalkt, streut er doch Gerüchte über „uns" hinter meinem Rücken. Er steht viel zu oft dauergrinsend vor mir. ICH habe aufgehört zu fragen, womit ICH diese fehlgeleiteten Zuneigungen verdient habe.

Tags drauf steht ein Alter neben mir, zwinkert meinem Nebenmann über die Schulter zu und wünscht mir viel Spaß beim Liebemachen; er lässt mir keine Luft für Erklärungen, Liebemachen sei ganz normal.

Am Wochenende komme ICH so spät von einer Tanznacht nach Hause, dass ICH zusammenfahre, als hinter mir eine Stimme fragt, ob ICH die Zeitung vom heutigen (nächsten) Tag gleich mitnehmen würde. Der Zeitungsbote trottet weiter. Immer noch erschrocken, schleiche ICH kurz vor dem Frühstück ins Haus. Oben finde ICH keinen Schlaf; als mich der Sandmann schließlich holt, hat er merkwürdige Bilder im Gepäck, die mich schreien lassen.

An solchen Tagen, an denen sich die Pannen reihen, flüstere ICH dem Boden „Sesam, öffne dich!" zu und hoffe, er würde mir Zuflucht geben, aber er ist widerspenstig. Das Pech klebt wie Kaugummi an meinen Sohlen.

Täglich grüßt der Fettnäpfchenmarathon.

GOLDENER SCHNITT

GOLDENER SCHNITT

„Wertlos ist nur, was nicht wertgeschätzt wird."
TB, 2017

Die goldene Mitte ist ein gängiges Maß, wenn man etwas entscheiden muss (mit diesem Entscheidungsmaßstab habe ICH mal in einem Gewinnspiel gewonnen, was an sich schon ein Weltwunder ist). Das Kind im Mittelfeld der Familie hat den kürzesten Weg zum Stürmer des Clans, oder zum Verteidiger. Im abwegigsten Fall wird es auf der Ersatzbank enden, denn der Weg ist geebnet und die Nachzügler drängen – ein Zurückfallen ist somit fast unmöglich.

Die Mitte ist eben etwas Besonderes. Und über die Begehrtheit von Gold muss ICH jetzt glaube ICH keine Erklärungen finden, um die Begriffserklärung komplett zu machen.

Der Goldene Schnitt ist nun kein Schnitt in diesem Sinne, sondern ein Teilungsverhältnis einer mathematischen Größe. Hier entspricht das Verhältnis des Ganzen zu einem größeren Teil (Major) dem Verhältnis dieses Teils zum kleineren Teil (Minor).

Also: a:b = b:(a+b)

Zu viel Mathe? ICH will ja nicht, dass DU von Stresspusteln heimgesucht wirst oder dich der Brechreiz überkommt. Wie wir ja wissen, leitet sich auch die Mathematik irgendwo ab. Und der Goldene Schnitt kommt in vielerlei Ausführung in der Natur und auch in uns Menschen vor. Neugierig? Das darfst DU gerne sein! Denn der Goldene Schnitt gilt als ästhetisches Idealmaß.

90-60-90 – eine Frau mit großen Brüsten und dünnen Beinen frei nach Modelverschnitt und ein Mann mit breiten Schultern nach 100-80-100? Ein Muskelpaket von 1,85 m und ein mageres Model von 1,73 m? Denkste!

Etwa dreihundert vor Christus erfand der Gelehrte Euklid von Alexandria (ein griechischer Mathematiker) den Goldenen Schnitt. Seit der Antike gilt lediglich das Verhältnis nach einem Schnitt von 1:1,618 (näherungsweise 5/8) als besonders natürlich und harmonisch und somit als perfekt proportioniert. Der Mensch soll ein Verhältnis nach einem Schnitt von 3:5 als natürlich empfinden. Ein Gesicht empfinden wir also nicht nur als schön, wenn unser Gegenüber volle Lippen, große Augen oder eine makellose Haut hat. Unsere visuelle Wahrnehmung reagiert auf das Verhältnis der einzelnen Merkmale: Die Mundwinkel eines perfekten Gesichts liegen in einer Linie mit dem Mittelpunkt der Augen und die Nasenflügel sind nicht breiter als der Augenabstand. Interessanter?

Überlegst DU jetzt, welche wohl proportionierten Gegenstände DU schön findest? Oder stehst DU schon vor dem Spiegel und prüfst, ob dein Gesicht harmonisch geschnitten ist?

Sei getrost: Natürlich spielt auch die persönliche Beurteilung von Schönheit mit in diese Bewertung hinein. DU musst dich jetzt also nicht von der unförmigen Nacktkatze mit verbeultem und unsymmetrischem Gesicht trennen. Und es braucht auch keine Botoxspritze oder gar das Skalpell. Erfreu dich lieber an dem weltweiten Symbol für Symmetrie, Schönheit und Körperbewusstsein: dem vitruvianischen Menschen, den es in aufgedruckter Form zu kaufen gibt.

Zu finden ist er auch auf der italienischen Ein-Euro-Münze, den meisten Krankenversicherungskarten und auf vielen Logos von Heilkundepraxen. Es handelt sich hierbei um eine Zeichnung von Leonardo da Vinci, genauer um eine seiner bekanntesten Arbeiten.

Die Idee ist, dass sich der vitruvianische Mensch sowohl in eine Kreis- als auch eine Quadratform einfügen lässt. Verschriftlicht wurde diese Lehre von ihrem Namensgeber Vitruv im ersten Jahrhundert vor Christus. Da Vinci hat den Goldenen Schnitt auch in seinen Gemälden angewandt. Die Mona Lisa gilt als das berühmteste Werk, bei dem er nachgewiesen wurde. Verwendet wird der Goldene Schnitt neben der Mathematik also in der Kunst und auch in der Architektur und Fotografie:

Den Goldenen Schnitt findet man neben da Vincis Gemälden zum Beispiel auch in der Pyramide von Gizeh, die 2590 bis 2470 vor Christus errichtet wurde. Verstärkt wurde der Goldene Schnitt in gotischen Kirchen und Kathedralen aus der Hoch- bis Spätgotik verwendet.

Aber gibt es auch einen Goldenen Schnitt für das Zwischenmenschliche? Fakt ist: Wir nutzen uns gegenseitig aus. Das Leben besteht aus Geben und Nehmen; der eine nimmt zu viel, dafür nimmt ein anderer weniger, als ihm zusteht, sodass sich Geben und Nehmen im Endeffekt stets gegenseitig bedingen und schwer zu sagen ist, wer schlussendlich den Kürzeren gezogen hat.

Wer zu viel nimmt, wird als egozentrisch, egoistisch, Egomane oder dergleichen abgestempelt; wer zu wenig nimmt, wird als rücksichtsvoll, genügsam, barmherzig und liebenswürdig angesehen. Warum sagen wir so schnell daher, dass wir „immer miteinander" sind – und müssen uns im nächsten Atemzug trotzdem erkundigen, ob wir uns gegenseitig noch folgen können? Bist DU noch bei mir? Verstehst DU mich voll und ganz? Gibt es da eine Symmetrie, die wir gefunden haben, um solche Ungleichnisse zu verdauen oder sie zumindest in einen harmonischen Rahmen zu rücken? Vielleicht.

Doch längst nicht alles lässt sich harmonisieren, vor allem wenn wir hinter dem Ideal zurückfallen: Wir suchen uns Menschen aus, die uns etwas geben können. Selten bleiben wir bei denen, die lediglich von uns profitieren. Solche Beziehungen sehen wir als krank machend an, da dies für uns eine unfaire Ungleichheit darstellt.

Vielleicht nur, weil sie nicht auf unserer Seite besteht, sondern auf unseren Schultern ausgetragen wird? Wäre es auch umgekehrt so?

Wir wollen einen Partner, der sich voll und ganz uns verschreibt, der vor uns entweder nur Unfälle, unattraktive Partner oder gar keine gehabt hat. Unberührt soll er sein, aber selbst wollen wir genug Erfahrungen sammeln, um im Optimalfall nichts verpasst zu haben (gleichzeitig ist das der Worst Case, weil die Erfahrungszufuhr mit ewigem Bund gestoppt wird).

Wir brauchen eine goldene Mitte, schreien nach dem Goldenen Schnitt und suchen nach Symmetrie – unabhängig davon, ob wir sie selbst erfüllen.

Denn unser Verhängnis ist, dass wir auf Symmetrie gepolt sind, in einer unsymmetrischen Welt.

ÜBER~ ~ENSTECHNIK

UEBERLEBENSTECHNIK

„Viele kleine Leute an vielen kleinen Orten, die viele kleine Schritte tun, können das Gesicht der Welt verändern."

Afrikanisches Sprichwort

Es gibt diese These, dass Mobbing erst ab drei Personen möglich ist – also dann, wenn es drei gegen eine(n) steht. Andere machen keinen Unterschied: Mobbing ist Mobbing. Mobber sind nicht selten mutierte Opfer. Mitläufer sind manchmal die schlimmeren Täter, weil sie sich aus Gründen der Einfachheit unterordnen. Verlängerte Hebelarme der Übeltäter. Vielleicht sind beide Parteien gleichermaßen unzurechnungsfähig, noch nicht strafmündig oder gar nicht erst auffindbar?

Sind es Untergrundgestalten oder höhere Mächte, die einen auf die dunkle Seite der Macht zerren? Oder sind es noch tiefere Abgründe? Egal, welche Ausflüchte es braucht, um sich aus dem Fangnetz der Anschuldigungen zu winden, sie werden sie finden.

Ist Mobbing vielleicht ein „natürlicher Abstoßungsprozess"?! Wird instinktiv das schwächste Glied der Gruppe herausgepickt und zur Zielscheibe gemacht? Oft hat der Mobbing-Algorithmus zur Folge, dass sich der Gemobbte in seiner Not selbst zu einem Mobber weiteroder notentwickelt – um so, wieder wie andere Mobber, von den eigenen Unsicherheiten abzulenken. Wer schießt sich ins eigene Fleisch, wenn er stattdessen auf einen anderen zielen kann? – Heutzutage muss ja schließlich nicht mehr die Opfernähe im Nahkampf riskiert werden, denn virtuelle Hassrede nach Schneeball-Prinzip ist mindestens genauso treffsicher.

Verlierer sind diejenigen, die schon in der Grundschule graue Mäuse sind; die mindestens ein Familienoberhaupt haben, vor dem die anderen Kinder Angst haben. Diejenigen, über die alle hinter vorgehaltener Hand tuscheln; die Kinder, die sich in ihre eigene Welt flüchten und mit ihren Kuscheltieren und Puppen reden, ihnen Gute-Nacht-Küsschen geben.

Kinder, die noch lange und mit Ausdauer an den Weihnachtsmann glauben;

Kinder, bei denen sich selbst der Lehrer einen unangemessenen Spruch nicht verkneifen kann;

Kinder, die intelligenter als ihre Eltern und Lehrer zusammen sind und sich nach einem sehr guten IQ-Test, der sie selbst beschämt, noch für ihre Hochbegabung rechtfertigen müssen.

Heranwachsende, die sich für ihre Unerfahrenheit mit Alkohol und Intimitäten an den Pranger stellen lassen müssen und im Zuge der Pubertät an die falschen Leute geraten – und eigentlich doch nur dazugehören wollen.

Kinder, die in der vierten Klasse „erst" anfangen, Fahrradfahren zu lernen, weil sie vorher immer zu Fuß zur Schule gegangen sind.

Kinder, die für ihr Leben gerne rechnen und/oder lernen und für ihre Strebsamkeit verachtet werden.

Kinder, die in vielerlei Hinsicht anders als die anderen sind.

Kinder, die trotz vieler Anläufe keinen Anschluss finden.

Kinder, die sich zum gleichen Geschlecht hingezogen fühlen, oder einfach nur Mädchen, die sich nicht „mädchengerecht" kleiden, oder Jungen, die Mädchenspielzeug bevorzugen.

Kinder, die sich selbst nicht ausdrücken können.

Kinder, die gehörlose Eltern haben und daher schon im Kindergarten zweisprachig sind.

Kinder, die ihre Lehrer umarmen, weil sie das Wort „Abstand" nicht kennen und das Wort „Familie" weit fassen.

Kinder, die wegen ihrer Hautfarbe den Hohn der anderen auf sich ziehen und schon im Kindergarten abgestoßen werden.

All diese Kinder ecken an, weil sie vermeintlich aus der Reihe fallen. Täter sind Kinder, Heranwachsende, junge Erwachsene und Erwachsene. Selbst Großeltern sind garstig zueinander. Mobbing überbrückt Hackordnungen. Lehrer können genauso gemobbt werden wie ihre Schüler. Mobbing macht vor niemandem Halt.

Es kann schon bei einer Person anfangen, die andere mitreißt. Der beste Freund kann sich in den schlimmsten Feind verwandeln, weil er in kürzester Zeit – ohne lange Recherche – das effizienteste Kanonenfutter parat hat. Leider keine Seltenheit.

Wie überlebt man solch eine Attacke? Es ist immer die Rede davon, man solle sich doch ein dickes Fell als effektiven Schutzschild anschaffen und die Dinge nicht so nah an sich heranlassen. Was ist denn zu nah?

Und was passiert, wenn dann doch jemand die Grenzen ignoriert? Erste Hilfe: Kopf runter und nicht auffallen! Muss man den Kopf wirklich in den Sand stecken oder sich in seinem Schneckenhaus verkriechen? Hilft das überhaupt? Wäre mit den Wölfen zu heulen vielleicht nicht doch eine Option (natürlich nur übergangsweise, bis die Meute ein besseres Fressen gefunden hat und man sich verstecken kann)?

Schönwetterheulen mit den anderen Wölfen, um es sich vorsichtshalber mit keinem zu verscherzen?

NEIN! NEIN! NEIN! NEIN! NEIN!

Schlag dir das aus dem Kopf!

Wirf es hochkant über Bord. Mobbing ist scheiße – entschuldige die Fäkalsprache, aber das muss sein.

Ehrlichkeit siegt.

Es klingt falsch, dämlich und wie aus einem Elternratgeber abgeschrieben, aber: „Die Zeit kommt." Jeder wird ernten, was er gesät hat, und selbst wer „nur" Wind sät, läuft Gefahr, Sturm zu ernten. Nur eben dieses „früher oder später" ist das Problem. Bei Mobbing ist schnelle Hilfe gefragt, da unser höchstes Gut angegriffen wird: unsere Selbstachtung.

Mobbing nagt sogar an den Stärksten; kleinschrittig wird die Schutzmauer eingerissen und der Selbstwert geschmälert. Der Prozess kann schleichend oder schnell vor sich gehen – und jetzt kommt noch ein Problem: Es gibt kein Allheilmittel. Opfer, die es nicht schaffen, aus dieser Abwärtsspirale zu rutschen, verletzen sich immer tiefer an der adressierten Personenkritik.

Zeitweise gehörte ICH selbst zu den Verstoßenen – weil es für mein Umfeld einfach war. ICH war naiv und von Natur aus selbstkritisch. Am Ende war ICH selbst nur einen Steinwurf vom Kaputtgehen entfernt.

Vielleicht bin ICH auch fast kaputtgegangen, aber ICH war noch nie ein Fan der Wegwerfgesellschaft – kaputte Dinge lassen sich heil machen, man muss nicht alles wegwerfen, alles lässt sich sowieso nicht ersetzen.

ICH hatte eine ungesunde Wut im Bauch, im nächsten Moment war ICH so nervös, dass jede Faser meines Körpers kribbelte. Im Affekt schnitt ICH mir die Haare von rapunzellang auf jungenkurz und bekam den Spitznamen „Atompilz", weil sie schlimmer abstanden als die vom Struwwelpeter. ICH fand mich potthässlich und habe mich gehasst.

Geritzt oder umgebracht habe ICH mich aber nicht, das hätte ICH nicht übers Herz gebracht.

Dazu hatte ICH auch viel zu große Angst; allein schon vor den Schmerzen. Das heißt nicht, dass ICH in dieser Zeit nicht flüchtig darüber nachgedacht habe. Zumindest nichts mehr zu fühlen habe ICH mir manchmal gewünscht, weil ICH mir das Ende meiner Odyssee herbeigesehnt habe.

Wie ICH das überlebt habe? An einigen Tagen hat mich dieses Gefühl fast verschluckt, aber dann habe ICH mich gefragt: Wieso? Weshalb? Wofür? Mein Leben war doch etwas wert? Den anderen vielleicht nicht, aber mir musste es doch etwas wert sein!

Auch bei mir gab es keine helfende Hand, die mich hätte rausziehen können. ICH war Freiwild. Statt unterzutauchen, fing ICH an aufzufallen. ICH sagte Nein statt Ja und Amen. Genesungsmodus. Irgendwann, als ICH aufgehört hatte, darauf zu warten, bekam ICH Komplimente für meine originelle Art. Dafür gibt es kein Patentrezept.

Weiterlaufen! Hass dich nicht. DU musst dich selbst auch nicht abgöttisch lieben. Alles, was DU dir selbst schuldig bist, ist, dir selbst nicht egal zu sein. Steh für dich ein. DU bist völlig in Ordnung, wie DU bist.

Hol das Beste aus dir raus, nimm den Gegenwind nicht als Bremse, sondern als Antrieb – DU musst nur deine Segel drehen, deine Perspektive wechseln und einen Schritt vor den anderen tun. Und vor allem: dich selbst dabei nicht aus den Augen verlieren.

GRENZGAENGE

„Mache dich von deinen Vorurteilen los, und du bist gerettet!"
Marc Aurel, Philosoph

Liebe losgelöst von Hass und Äußerlichkeiten; einen Partner prüfst DU auf Schwächen, mit einem Auge auf den Finanzen, einem auf Schein und Ruf. Unterschiede ja, aber nicht zu groß. Streit magst DU nicht. Gibts Probleme, wird getauscht. Und im Bett soll es auch noch laufen. Am liebsten hast du's, wenn der Mann die Frau trotz ihrer hohen Hacken überragt. Gleichgeschlechtliche Paare – ohne dich?!
Deine Liebe – grenzenlos.

Wieder sitzt ein dürftig gekleideter Mann zitternd auf den kalten Steinen, unweit der Trittstufe, auf der DU stehst. Ein widerlicher Schmarotzer mit seiner hechelnden Töle, auf der Suche nach Essen. DU lässt ihn links liegen. In deinem Land muss keiner hungern oder frieren, denkst DU. Von deinem Geld würde er sich bloß Kippen oder Alkohol kaufen – weißt DU. Spätestens am Nachbarszaun endet dein Revier.
Deine Nächstenliebe – grenzenlos.

Unter dir zerrt und schlurft es mit seinen trägen Füßen und quengelt. Deine Stimme laut und mahnend, doch es hört nicht auf. Ein Tadel, ein Klaps und DU hast deine Ruhe. Berechenbar, wie deine Kinder dich tagtäglich provozieren. Aus den sanften Eltern tobende Stürme schlagen, denn DU weißt:
Dein Sanftmut – grenzenlos.

Wirst DU Arzt? Rettest DU die Welt? Heiratest DU den Nachbarn? Sag mir, wie planst DU dein Leben? Risiko oder Sicherheit? Karriere, Familie, Leben? Eine Wahl ist endgültig und minimiert deine Auswahl. Schnell fragst DU dich, wo die Kreuzungen geblieben sind, an denen DU entscheiden kannst. Mit sechzehn zu alt um klavierzuspielen, zu untrainiert für eine fitte Sportmannschaft, in der sich bereits Freundschaften geschlossen haben. Trotzdem hoffst DU:

Deine Möglichkeiten – grenzenlos.

DU gehst zur Schule – hin und wieder, für deine Hausaufgaben hast DU keine Zeit. Kannst ja eh alles. Einen Job wirst DU schon finden, und sonst wirst DU Lehrer, oder eben gefördert. Ist ja einfach. Die Kinder in Afrika belächelst DU: Eine Schule, die weiter entfernt ist als der nächste Supermarkt? Das würdest DU dir nicht geben.

Dein Wissenshunger – grenzenlos.

Einer lacht über einen völlig verquirlten Witz. DU siehst ihn an, dein Mund zerreißt sich über die Peinlichkeit seiner Worte, deine Augen leuchten voller Hohn. Sobald DU sprichst, lacht deine Meute mit dir. Alleine lachen – viel zu primitiv.

Dein Humor – grenzenlos.

DU machst, was DU willst, gehst, wohin DU willst. Für Amerika hast DU kein Geld. Dir fehlen die Connections, um durchzustarten wie die anderen. Dein Know-how hat Lücken, ist nicht weltgewandt genug. Dein Abschluss entscheidet über deine Qualifikation. Bis zur Volljährigkeit bist DU an deine Eltern gekettet. Erst ein Ehering, dann das Glück deiner Kinder binden dich an deinen Partner.

DU kannst dich jung fühlen, wirst aber alt. Das Leben bindet dich an den Tod und der Tod verbindet sich mit dem Leben.

Deine Freiheit – grenzenlos.

Durch dick und dünn, Hand drauf. Blutsbrüder – Blutsschwestern. Bis zum großen Streit oder ersten Liebeskummer. DU hast keine Zeit für deine Leute; ist doch verständlich! Genießen, solange die Liebe auf deiner Seite spielt, um danach zurückzukehren und zu merken, wie komisch sie geworden sind; deine Leute. Aus „Für immer" wird „Auf Wiedersehen". Und schließlich „Auf Nimmerwiedersehen!", nach Streit und Worten. Kannst niemanden gebrauchen, der dich bremst, dir den Wind aus den Segeln nimmt, wenn er dir den Spiegel vorhält und kritisiert, an deinem Gesicht. So was sind doch keine Freunde!

Deine Freundschaft – grenzenlos.

DU bist lange vor deinem achtzehnten Lebensjahr erwachsen. Reif bist DU nur, wenn DU weißt, wonach Rausch und Bier schmecken. Jedes Wochenende trinkst DU dir einen über den Durst. In der Diskothek lässt DU dich nicht von der Seite anmachen, zeigst denen, mit wem sie sich anlegen. Blaue Augen, blutende Nase, ein kleiner Preis für das nötige Fünkchen Respekt. Wo kämest DU denn hin, wenn sie machen könnten, was sie wollen? Das hört doch nicht auf mit Lästereien hinterm Rücken!

Deine Vernunft – grenzenlos.

Alle für einen und DU für alle: Wenn DU Zeit hast, deine eigenen Probleme gerade leise genug sind, dann opferst DU dich für jeden, der's verdient. Unter Freunden hilfst DU, indem DU abwägst, was DU gegeben hast und was DU zurückbekommst. DU ertappst dich, wie DU bei jedem Geheimnis und jedem Problem der anderen auf dich selbst siehst und reflektierst, wie ertragreich dieser

Bund für dich wirklich ist. DU siehst ein: Was DU verdienst, ist nicht immer, was DU kriegst. Ist einer für alle denn moralisch vertretbar?

Deine Kameradschaft – grenzenlos.

Lange ist es her, trotzdem bist DU verletzt. Gedemütigt, erniedrigt, beschämt. Die Wut keimt immer wieder von Neuem in dir auf, wenn DU mit der Person konfrontiert wirst, die für sie verantwortlich ist. Vergeben und vergessen. Wieso sollst DU damit anfangen? – Ist doch nicht gerecht.

Dein Frieden – grenzenlos.

DU fühlst dich nicht verloren, weil es keine Hoffnung auf ein Morgen gibt. Es ist Gewissheit: Hoffen macht schwach. Ist doch Schwachsinn, entweder schwarz oder weiß, alles dazwischen macht mürbe. Morgen kommt nicht, weil DU an ein Morgen glaubst, sondern weil es so ist. DU gewinnst ja auch nicht im Lotto, wenn DU betest.

Deine Hoffnung – grenzenlos.

Der Weihnachtsmann ist erfunden, Einhörner gibt es nicht, weißt DU seit der weiterführenden Schule. Deine Puppe wird nie sprechen können. DU wurdest nicht vom Storch gebracht, lernst DU in Sexualkunde. Es steht kein Goldtopf am Ende des Regenbogens, Opa ist im Himmel – oder doch nur unter der Erde –, die wahre Liebe ist Humbug und DU hast lange aufgehört, dir vorzustellen, von den Rillen im Asphalt verschluckt zu werden, wenn DU sie berührst.

Heute unterscheidest DU solche Gedanken: naive Illusionen und unerreichbare Sehnsüchte.

Deine Träume – grenzenlos.

DU stehst vor den anderen. Sollst einen Vortrag halten. Im Unterricht bist DU die größte Quasselstrippe. Beömmelst dich über die Reden der anderen. Vorne bekommst DU kein Wort über die Lippen. Das Klassenzimmer tränkst DU in deinen Schweiß.

Dein Mut – grenzenlos.

Auf der anderen Straßenseite tummelt sich ein Pulk um den Außenseiter Nummer eins. Sie sind überlegen. Aber Selbstschutz geht vor – weißt DU. Es bringt dir ja nichts, wenn DU ein blaues Auge bekommst, weil DU dich einmischst. DU willst ja nicht selbst zur Zielscheibe werden. Außerdem hilft das nichts. Es wird schon einer kommen, der stärker ist als DU und ihm helfen kann. DU tust so, als würdest DU ihn nicht kennen. Was DU nicht siehst, macht dich nicht heiß.

Deine Zivilcourage – grenzenlos.

Dein IQ braucht nicht getestet zu werden, in der Klasse bist DU sowieso die Spitze. Egal wie schlecht deine Klassenkameraden sind. Wenn einer besser ist als DU, mobbst DU ihn raus. Bevor DU überlegst, greifst DU zum Smartphone, tippst die Frage ein und bekommst die Antwort seitenlang ausgespuckt. Damit DU weißt, dass die Lösung richtig ist, lässt DU sie dir von Wikipedia bestätigen.

Dein Wissen – grenzenlos.

Sag mir, wo sind die Grenzen? Sag mir also: Wo sind deine Grenzen?

Grenzen, ohne die ...

Liebe jedem selbst überlassen wäre;

Nächstenliebe nicht vor der eigenen Haustür aufhören würde;

Sanftmut nicht mit einer Hemmschwelle oder Schmerzgrenze verknüpft werden könnte;

Möglichkeiten für jeden gleich wären und nicht abhängig von Alter, Geschlecht und Gleichberechtigung;

Wissenshunger kein schmückendes Wort, sondern aufrichtiges Interesse wäre;

Humor kein gegeneinander geführter Wettstreit, sondern ein Miteinander wäre;

Freiheit kein fremder Wunsch, sondern für alle greifbar und erreichbar wäre;

Freundschaft kein Konkurrenzkampf wäre, sondern mit Selbstlosigkeit verknüpft;

Vernunft kein altmodisches Wort wäre, das antreibt, unvernünftig zu sein, um cool zu wirken;

Kameradschaft viel zu wertvoll wäre, um sie aufzurechnen;

Frieden nicht mit kapitulieren oder verlieren verknüpft sein müsste;

Hoffnung von unbändiger Stärke zeugen würde;

Träume unzerstörbar wären, die die Welt bunter und nicht fremder machen könnten;

Mut nicht vor einer großen Aufgabe an die eigene Person scheitern würde;

Zivilcourage nicht vom Echo auf die eigene Person abhängen würde;

Wissen nicht von Wikipedia geschrieben würde und nicht durch Medien manipulierbar wäre.

Falls DU nach diesen Grenzgängen eine Honigdusche benötigst, schnapp dir ein Blatt Papier und einen Fetzen Klebestreifen, dann stöbere dein Telefonbuch durch und lade dir ein paar nette Leute ein. Schreibt euch gegenseitig die Eigenschaften auf den Rücken, die euch am anderen am meisten faszinieren und positiv berühren. Das ist zwar kitschig, aber definitiv eine sauberere Angelegenheit, als irgendjemandem Honig um den Herren- oder Damenbart zu schmieren.

Wohlgefühl garantiert!

LIEBE

„Warum muss ich dir erklär'n, was Liebe ist?"
Sharaktah, norddeutscher Nachwuchsrapper, Wir
sind X

Das Wort **„Liebe"** leitet sich von dem mittelhochdeut-
schen Begriff „liep" (der „Gutes, Angenehmes, Wertes"
bedeutet) und dem Urindogermanischen „leubh" ab (was
so viel heißt wie „gernhaben, liebhaben, begehren").
„Liebe" ist sowohl ein Überbegriff für starke Zuneigung,
zum Beispiel zwischen Angehörigen, als auch eine Um-
schreibung für eine intensivere Gefühlsebene, die mit
sexueller Anziehung verwoben ist.

Der Begriff kann darüber hinaus ein Ausdruck für eine
tiefe Wertschätzung von Tätigkeiten und leblosen Gegen-
ständen sein. Nach der griechischen Mythologie kann
Liebe spielerisch-sexuell („ludus"), besitzergreifend
(„mania") oder vernünftig („pragma") ausgelebt werden.
Dass der Begriff stets im übertragenen Sinne gebraucht
wurde, macht ihn zu einer Metapher, die viele Gesichter
hat und Interpretationsspielraum lässt:

Verliebtsein, Elternliebe, Geschwisterliebe, Freundes-
liebe (griechisch „Philia"), Selbstliebe, Objekt- und Ideen-
liebe, objektlose Liebe, Partnerschaft (griechisch „Éros"),
Anerkennung auf rein seelischer Ebene ohne körperliches
Verlangen (platonische Liebe), Gottesliebe, Nächsten-
oder Feindesliebe (griechisch „Agápe").

Ausdrucksformen von Liebe sind neben körperlichen
Zuwendungen, darunter Umarmungen oder Küsse, auch
Zärtlichkeiten auf intimster Ebene, wie die Liebkosung
des Partners mit besonderen Spitznamen:

Spatz, Maus, Hase, Schatz, Schatzi, Engel, Mausi, Baby,
Babe, Süße, Augenweide, Liebes, Schnitte, Puppe, Rose,
Perle, Chérie, Süßer, Sweetie, Sweetheart, Geliebte(r),

Herzblatt, Bärchen, Teddy, Bumsebiene, Grinsekatze, Muckelmaus, Goldstück, Liebhabhase, Kampfhummel, Schnecke, Löwenmäulchen, Schnuffelhase, Kätzchen, Lotusblüte, Küken, Zimtzicke, Chaosqueen ...

Codenamen signalisieren den Verbund, weil der Umtauf-Vorgang Zugehörigkeit schafft. Aber ist es nicht so, dass, wenn wir Dingen Namen geben, wir Verpflichtungen eingehen? Wir sie automatisch an uns binden?

Wir lassen uns in dem Glauben, dass wir ein Tier mit Namen nicht weggeben könnten, weil wir es an uns binden. Dabei beleben wir das Tier ja nicht künstlich, nur weil wir es von „Tier" auf „XY" umtaufen – es hat schon vorher eine Seele besessen und geatmet. Münzt man diesen Vergleich auf die Liebe um, fällt es uns trotzdem leichter, Gefühle zwanglos zu zeigen, solange wir die Zweisamkeit nicht in die Liebesschublade stecken und wir in unserem Tun frei sind.

Sobald wir dem „Kind" einen Namen geben, fällt es entweder endgültig in den Brunnen oder bindet sich an unser Bein, um uns auf Schritt und Tritt zu folgen (womöglich mit Hilfe von Panzertape oder Sekundenkleber) – ein Plagegeist?

Also belassen wir das Kategorisieren vorerst und zögern die Namensfindung hinaus, um uns nicht vorschnell zu verpflichten. Nichts überstürzen! Erst wenn die Geschichte zu abstrakt wird, gibt es eine Partei, der die Vorstellungsfähigkeit ausgeht, und das Kartenhaus fällt in sich zusammen, weil der Name doch irgendwie fundamental ist. So ein Name ist richtungsgebend und wächst sich manchmal auch im Prozess zurecht. Aus der allseits bekannten „Freundschaft Plus"-Sache kann die „große Liebe" gedeihen.

Oder das Liebesgeschöpf muss erst noch aus der freien Wildbahn gefangen, gebändigt und handzahm gemacht werden. Einige gehen hier mit dem Smartphone auf die Jagd, finden unterwegs noch vorher ein paar Pokémons. Andere spielen fern von Pokémon Go und Zunder (Tinder) offensiv Cowboy und Indianer. Face to Face und nicht Face to Screen.

Unverhohlen muss hier einmal klargestellt werden, dass Liebe fähig ist zu wachsen und egal auf welchem Boden erst aushärten muss. Stell dir die Zuneigung als Körnungsstufe des Betons vor, mit dem das Fundament geschüttet wird: Jeder Beton, egal welche Beschaffenheit er hat, braucht mindestens achtundzwanzig Tage, um auszuhärten, und wird danach nur noch fester. Ohne zu sagen, dass es achtundzwanzig Tagen bedarf, bis der Mindestzusammenhalt zwischen den Partnern erreicht und die Geschichte als „safe" anzusehen ist, soll das Prinzip beispielhaft dafür sein, dass „Liebe" Zeit braucht und es sich daher manchmal lohnt, den Beziehungsberg langsam, aber gesichert zu erklimmen. Tragfähig ist das Fundament sicher auch vorher, nur die ISO-Norm würde unter achtundzwanzig Tagen nicht eingehalten; wieder kommt es auf die Risikobereitschaft an, die unterschiedlich groß ausfallen kann. Geht Sicherheit wirklich immer vor?

Oder gewinnt, wer wagt und gleich auf volles Risiko setzt? All in!?

„**Groß**": Wieder so ein masseformendes, aber doch irgendwie masseloses Wort, ansonsten wäre die „große Liebe" schließlich für alle von uns greifbar. Immer wieder ist die Rede von *der* einen großen Liebe, als wäre sie das Zentrum des Universums – wie die Sonne, die Leben möglich macht, scheint diese große Liebe dem Leben eine neue Qualität einzuhauchen.

Was macht Liebe an sich groß?

Groß kann die Liebe sein, wenn sie Unterschiede überbrückt – wenn sie Einzug bei zwei komplett unterschiedlichen Menschen findet und sich festwächst, entgegen aller Erwartungen. Groß ist sie aber auch, wenn sich beide Menschen nicht einengen und ihr Leben leben, auch mal ohne den Partner auskommen. Wenn sie nicht nur koexistieren und trotzdem zusammenhalten. Mehr oder weniger blindes Vertrauen macht Liebe groß. Im Allgemeinen ist es jedoch wie bei einer Pflanze: Jede Pflanze braucht unterschiedliche Nährstoffe, um groß und stark zu werden. Welches die richtigen Wachstumsfaktoren sind, kommt also auf die beziehungsindividuelle Pflanzmischung an.

In keinem Fall sollten wir uns jemanden suchen, von dem wir uns abhängig machen, weil wir uns ohne diese dominante Liebe klein oder einfach nur allein fühlen. Natürlich ist es schön, sich in einigen Bereichen oder auch in allen zu ergänzen; wenn diese Symbiose aber überhandnimmt, macht sie abhängig. Warum opfern wir uns auf? Was soll das eigene Schicksal in den Händen des Partners? Dieses Opfer ist kein grenzenloser Liebesbeweis, sondern lädt zur Ausnutzung ein. Der Mensch giert nach Macht. Wieso sollte das in einer Partnerschaft anders sein? Also ganz weit weg mit dem Zwangskittchen!

Dann ist das Geschrei nachher auch nicht groß, wenn sich „nur" der Partner verabschiedet und nicht der vermeintlich einzige Lebensinhalt. Denn dann schwimmt nur ein Weggefährte davon, aber DU kannst dich trotzdem noch alleine über Wasser halten.

Unabhängig kann sich jeder machen, aber unabhängig bleiben ist die wahre Kunst. Freundschaften ölen und warten, neben einem glühenden Eisen im Liebesfeuer. Multitasking at it's best.

Je mehr die Liebe uns herausfordert, desto stärker sehnen wir uns nach ihr.

Wenn die Welt um mich herum aus Verliebten, Händchenhalten und Sexgesprächen besteht, fange ICH an mich zu fragen, ob ICH spät dran bin. Wann aber die Liebe in unser Leben fällt, segelt, poltert, tanzt, flattert, plumpst, rennt, schwimmt oder schwebt, das kann niemand wissen.

ICH hatte lange meine ganz eigene festgefahrene These, wie die Liebe funktioniert; für das kleine ICH war eine „Beziehung" die Vorstufe für eine „Hochzeit". Schon in der Grundschule fiel ICH aus allen Wolken: mit jemandem zusammen sein, den ICH nicht heiraten würde? Das machte für mich keinen Sinn.

Ist es so? Soll man sich wirklich immer über die Konsequenzen ad extremum Gedanken machen? Zerbricht man sich beim Geschlechtsverkehr darüber die Gedanken, ob das Gegenüber der Vater oder die Mutter der eigenen Kinder sein könnte – und verdirbt sich somit den Spaß? Oder lebt man den Moment, komme, was oder wer zuerst wolle?

Vor Antwortlosigkeit wollte ICH lange nichts wissen von der Liebe. Irgendwann gab es ein paar Risse in meiner „Firewall". Getrieben von dem Gedanken, ICH sei schon überfällig und müsste Reste essen, habe ICH mich hinreißen lassen. Ein paar Zweifler, Idioten und Fischküsse später glaubte ICH nicht mehr an die Liebe.

Sie kam in die Warteschleife. Mit achtzehn war ICH noch Jungfrau und irgendwann fingen die Alten an zu sticheln, machten sich Sorgen um ihren Nachzügler. Auf halber Strecke nagte Eifersucht an Freundschaftsbanden und ICH musste mich von herzschwachen Kumpel-Kandidaten notscheiden. Gefühle kann man nicht planen, die kommen einfach. Und einige, die sind schon immer da und machen eine Heidenangst.

Irgendwann, wenn DU den Mut hast zu springen, wird sie da sein: die Liebe. Und wenn es so weit ist, dann halte sie fest. Kämpfe, mach dich lächerlich, aber hör nicht auf zu träumen. Liebe ist Zuhausesein, ganz egal an welchem Ort.

Aber sie bringt manchmal noch mehr Fragen mit sich. Widersprüche häufen sich in Beziehungs-Endlagern an: Es gibt nur eine Chance, nur eine große Liebe!
Aber es wird einige geben, die nach einem zweiten Anlauf fragen, oder ihn einfach wagen. Und man sagt nicht ohne Grund, dass „aller guten Dinge drei sind" – oder?

Aber wenn es keinen Plan B gibt, was dann? Folgt die Liebe nicht einmal einem Masterplan? Gilt es, einen menschgewordenen Gegensatz zu finden, der auf den ersten Blick nicht aneckend, sondern anziehend wirkt; der sich begehren lässt, so wie alle sagen?

Manchmal ist es nicht der Hollywoodkuss, sondern viel simpler. Was, wenn ICH dir sage, dass die Liebe zum Greifen nah ist? Dass die Antwort auf die große Frage jahrelang vor deiner Nase sitzt, dir zuhört und dich nach Hause fährt? Manchmal sieht man den Wald wirklich vor lauter Bäumen nicht – und wenn man ihn sieht, dann manchmal zu spät. Mitunter ist das Feuer schneller tot, als es (durch-) wärmen konnte. Zu kraftlos, um augenblicklich einsame Seelen zu wärmen.

Dann gibt es die Käsetheorie. Ein Käse muss reifen und ruhen. Vielleicht gilt das auch für Menschen und Beziehungsgrade? Tröste dich, auch hier nützt das Überdenken nicht, denn manchmal hilft auch das beste Reifeverfahren nicht. Dann muss man einsehen, dass einige Menschen einen nur etappenweise begleiten werden, und es findet sich ganz von alleine ein reiferer Käse.

Was sein wird, entscheidet am Ende eben nicht eine Person, sondern neben Umweltfaktoren und anderen Randbedingungen auch das Eisen, aus dem das Objekt der Begierde geschmiedet ist. Rastend und rostend oder ritterlich kämpfend?

Also solltest DU dich fragen, was DU tun wirst, wenn die Liebe ungeachtet aller Planungseinheiten, Kalkulationen und Vorsichtsmaßnahmen in dein Leben platzt. DU hast die Wahl: entweder weiter wegrennen oder es mit ihr versuchen.

Ob es ein Happy End gibt, kannst DU nicht wissen, ehe DU den Mut fasst, denn:

Liebe ist nichts für Weicheier.

GEFUEHLSCHAOS

GEFUEHLSCHAOS

„Zwischen Fischen und Piranhas ..."
Sharaktah, norddeutscher Nachwuchsrapper, Fische und Piranhas

Gut, wo waren wir? Nun, wir wissen wohl alle, dass es in der Liebe ziemlich turbulent zugehen kann: Da ist man schnell bei über Wolke 7 hinweg geschossen und steckt im nächsten Moment den Kopf in den Sand, weil man in Windeseile mit einem Fuß im Gefühlsknast stehen kann.

Zwischen guten Freunden kann etwas wachsen, weil die Nährstoffe da sind; etwas Starkes, das unterschiedlich einsortiert werden kann.

Und es gibt immer einige Spezialisten, die keinen Müll trennen, scheißen, wo sie essen, oder sich ins gemachte Nest setzen.

Ebenso wird es immer diejenigen geben, die sich über ungelegte Eier den Kopf zerbrechen und in der Vergangenheit fantasieren, die Gegenwart automatisch verdrängend. Das ist aber kein Hals- und Beinbruch und noch lange kein Todesurteil fürs Hier und Jetzt.

Das Chaos bauscht sich auf, weil wir nicht grün mit uns selbst sind, uns uneins sind über das, was wir wollen – weil es keine einladende Festzeltbeleuchtung, keine blinkenden Pfeiltafeln gibt, die uns den Weg deutlich genug weisen.

Wo gehöre ICH hin?
Wo werde ICH sein?
Wo ist mein Weg?
Was ist gut?
Was richtig?
Was falsch?

Fragen sind die Wellen der Zweifel, die Wogen lassen sich nicht schnell genug mit glaubwürdigen Antworten glätten. Womit denn auch, einem Glätteisen? Einem Bügeleisen? Ohne Eisen? Muss denn alles glatt laufen? So ganz aalglatt geschliffen, ohne harte Kanten und raue Oberflächen? Wer würde sich eine solche Bühne ansehen? Kommen wir nicht auf Umwegen ans Ziel? Ist es nicht so, dass Turbulenzen dem Lebensgebräu erst die richtige Würze verleihen? Ohne Nachgeschmack wäre vieles doch langweilig und fad ...

Und intensive Gefühle ohne Schwankungen wegstecken? Berg- und Talfahrten sorgen selbstständig für den notwendigen Druckausgleich. Geht es wirklich immer um das Endprodukt? Ist die (Entstehungs-) Geschichte nicht viel interessanter? Sie füllt doch viel mehr Seiten als die Pointe ...

Kaum ein Genie da draußen beherrscht jedes Chaos und das Gefühlschaos ist wohl die härteste Nuss, die es zu knacken gilt (ohne Zuhilfenahme eines übergroßen Nussknackers, den hat nur die liebe Marie!). Turbulenzen voraus! Leg deinen Gurt an, über dir findest DU Sauerstoffmasken und Schwimmwesten sind zu deinen Füßen, bitte folge den Instruktionen.

Wir sind (fast) immer für dich da!

SCHWIMM-
ÜBUNGEN

SCHWIMMUEBUNGEN

„Alles fließt."
nach Heraklit

Gut, okay. Wir sind jetzt trotz aller Hilfeleistungen und Sicherheitsmaßnahmen baden gegangen. Lass dich bloß nicht im Strom treiben, so verführerisch das auch sein mag. DU findest deine Scheuklappen in Reichweite. Schwimmen wir zusammen gegen den Strom! Jetzt wird Tacheles geredet, nicht lange gefackelt und geschwommen. Eins, zwei, drei.

Traust auch DU dich zu springen? Ja, genau DU da, DU da hinten! Oder bist DU wasserscheu? Komm! Ob DU ein Seepferdchen oder ein Freischwimmer bist oder Edelmetall-Status hast, spielt keine Rolle. Bis zum Totenkopf ist alles offen. Eine Devise noch, bevor DU dich endgültig ins Getümmel stürzt.

Erinnere dich: Wenn jeder ein bisschen an sich denkt, ist irgendwo auch an alle gedacht. Eine gewisse Portion Egoismus ist gesund und steht jedem zu. Also lang zu! Fang an zu kraulen, zu tauchen, lass dich nur ja nicht zu lange auf dem Rücken treiben.

Deine Abzeichen kannst DU im Schrank lassen, im Schwimmen gegen den Strom werden sie dir nichts nützen. Stürze musst DU abfedern und wegstecken. DU musst wieder aufstehen; deine Ziele darfst DU nicht aus den Augen verlieren. *Fokussiere.* Sei DU selbst. Fang Stürze ab, verleugne dich nicht, roll dich ab, aber igel dich nicht zu sehr ein. Vergiss nicht, dich wieder auszurollen. Mach das, was dir Freude macht, dir ein Lächeln ins Gesicht zaubert, das Herz leicht macht oder einfach nur angenehm ist.

Sei die Person, der es egal ist, was andere denken; fahre Fahrrad mit Helm; trage ausgefallene Sachen oder einfach nur das, was DU bequem findest; gehe mit deinen eigenen Trends mit;

lebe nicht mit einer Irgendwann-Mentalität oder einer Vielleicht-Einstellung. Bejahe dein Leben, denn es ist das einzige Geschenk, das dir keiner kaputt-machen können sollte.

Schon Martin Luther ist der Satz entfallen:

„Anstrengungen machen gesund und stark." DU musst die Mammutaufgaben nur angehen, den Berg erklimmen oder einen anderen Anfang setzen.

Deinen Anfang. Finde dein Ding und zieh es durch, lass Sonnenschein in dein Leben fallen, der trübe Zeiten hindurch- und vorüberziehen lässt.

Egal was DU machst, spätestens nach Pi mal Daumen zehn Bauchlandungen machst DU dich auf und versuchst dich freizuschwimmen.

Das ist ungeschriebenes Knicklichtgewitter-Gesetz.

Danke an Gott
und die Welt,
für dich!